红桥

王尽美在山桥

刘 剑　李泽东 ◎ 著

燕山大学出版社
·秦皇岛·

图书在版编目（CIP）数据

红桥：王尽美在山桥 / 刘剑，李泽东著. —秦皇岛：燕山大学出版社，2021.6（2021.10 重印）

ISBN 978-7-81142-838-4

I.①红… II.①刘… ②李… III.①纪实文学－中国－当代 IV.① I25

中国版本图书馆 CIP 数据核字（2021）第 213241 号

红桥——王尽美在山桥

刘剑 李泽东 著

出 版 人：	陈 玉
项目负责：	陈 玉 赵 欣
图书策划：	陈 玉 赵 欣 裴立超
责任编辑：	张 蕊 任 火 孙志强
封面设计：	刘韦希
版式设计：	方志强
出版发行：	燕山大学出版社 YANSHAN UNIVERSITY PRESS
地　　址：	河北省秦皇岛市河北大街西段 438 号
邮政编码：	066004
电　　话：	0335-8387555
印　　刷：	北京虎彩文化传播有限公司
经　　销：	全国新华书店

开　　本：	700mm×1000mm 1/16		印　张：16.25		字　数：203 千字	
版　　次：	2021 年 6 月第 1 版		印　次：2021 年 10 月第 2 次印刷			
书　　号：	ISBN 978-7-81142-838-4					
定　　价：	52.00 元					

版权所有　侵权必究

如发生印刷、装订质量问题，读者可与出版社联系调换

联系电话：0335-8387718

目 录
CONTENTS

序章 ······ 3

第一章　铁工厂风云 ······ 23
 三座雕像 ······ 24
 血泪铁工厂 ······ 39
 长辛店来客 ······ 43
 劳工神圣 ······ 49
 三上禀帖 ······ 55
 工友俱乐部 ······ 58

第二章　觉醒 ······ 61
 山桥来了个"刘先生" ······ 62
 第一次会面 ······ 65
 俱乐部里的明星 ······ 70
 化解帮派 ······ 76
 选出代表我们的人 ······ 79

第三章　较量 ······ 85
 十五个人一条心 ······ 86
 剑指陈宏经 ······ 88
 掀翻赵壁 ······ 92
 第一个党小组 ······ 98

第四章　大罢工 ···················· 103
露天大会 ···················· 104
风云再起 ···················· 110
针锋相对 ···················· 114
对峙 ························ 116
点燃火炬 ···················· 120
全国声援 ···················· 124

第五章　怒火 ······················ 127
如其受辱死，不若奋斗死 ······ 128
卧轨截车 ···················· 130
五矿联合罢工 ················ 134
众志成城 ···················· 138

第六章　告别 ······················ 141
星火燎原 ···················· 142
落入虎口 ···················· 146
群起救人 ···················· 149
情洒榆关 ···················· 153
天各一方 ···················· 157
血汗桥 ······················ 161

第七章　涅槃重生 ·················· 163
新的转机 ···················· 164

重整旗鼓……167
　　再开夜校……171
　　新的对手……174

第八章　智斗黄色工会……177
　　渗透……178
　　冷对挂牌……181
　　赴津学习……183
　　拒缴会费……185
　　怒砸会场……189
　　无疾而终……192
　　暮色苍苍……194

第九章　尽美不死……197
　　最后的嘱托……198
　　群星璀璨……204

第十章　传承……213
　　天堑通途：武汉长江大桥……214
　　争气桥：南京长江大桥！……227
　　中国速度：没有最快，只有更快！……234
　　现代世界七大奇迹之一：港珠澳大桥……242
　　跨越天下……250

仰望星空，静谧深邃浩瀚无垠；

回眸历史，沧桑激荡兴替变幻。

王朝在战火与硝烟弥漫中更替，社会在思想与现实碰撞中前行。

181年前，中华紧闭的国门被帝国主义的坚船利炮轰开，殖民者对中华大地野蛮蹂躏，强加给国人一段屈辱的历史；

127年前，多舛而坚毅伸延的中国铁路催生了一家民族企业、中国钢桥摇篮——山海关造桥厂，在半殖民地半封建社会的压迫中，山桥开始了栉风沐雨的艰难历程；

100年前，一艘载着红色种子的红船在血雨腥风中昂然启航，成为屹立于黑暗大地和劳苦大众心中的导航灯塔，引领着中国人民站起来、富起来、强起来；

100年前，红色种子扎根山桥，从此红色便深深融进她的生命，历经"为民族争自由、为国家争解放、为人民争幸福"的革命风暴洗礼，铸就了她"百折不挠、自强不息"的灵魂，历史赋予了她一个富含特殊意义的名字——"红桥"！

百年岁月峥嵘，百年初心如磐！

序章

1

红色是火的颜色，是青春的颜色，也是革命者的颜色，红色更是党旗的颜色，是百年来贯穿在中国人记忆中的颜色。

红色，也是1920年的那个春天，24岁的罗章龙第一次见到22岁的王尽美时，眼前掠现的颜色。

在一间简陋的校舍里，罗章龙眼前的这个年轻人，丰神俊朗，热情洋溢，眼神中充满了对未来的憧憬与希望。

1920年的中国，太缺少这样的红色，这里只有黑白和灰暗的色调。军阀混战，列强入侵，饿殍遍野，盗匪横行，大清的皇帝被推翻了，民国政权建立了，人们头上的辫子剪掉了，可老百姓还是没有过上好日子，国家仍是积贫积弱，民不聊生。这一切是为什么？人们在探寻着答案。一些年轻人想跳出来，寻找到火种，然后用一把火烧光这一切，烧光这腐烂，这枯朽，这阴霾，这绝望。

王尽美就是这群年轻人中的一个。

许多年后，年近90岁的罗章龙对当时和王尽美见面的场景还是历历在目：

"那时他以山东学生会代表身份来到北京，他在北京大学文学院联络事务时，我第一次遇到他。他对我们采取直接行动冲击亲日派感到很大兴趣。"（据中铁山桥档案《罗章龙回忆录》）

王尽美，原名王瑞俊，是从山东过来的，他的老家是山东省莒县大北杏村（今属诸城市）。他出生在一个贫穷的家庭，父亲早逝，与母亲相依为命，靠给地主当佃农为生。

"罗同志，我以前有一个小名，叫仓囤。"

开门见山，王尽美介绍了自己。

仓囤，从这个名字可以想象出一个贫穷家庭的渴望。他们希望粮食囤满粮仓，人人丰衣足食。

但这个梦想，从王尽美出生到这时，都没有实现过，他曾想过改

王尽美（1898—1925）

变这种命运，但靠着种田种地，给地主打长工，是绝不可能的。要想改变命运，似乎只有读书这一条路。

读书是王尽美改变命运的动力。为了读书，他给地主的孩子当伴读，每天端茶倒水，看人脸色。这种"陪太子读书"的日子没过多久，地主家的儿子暴病而亡，迷信的地主认为王尽美是克星，将他逐出了家门。

辛亥革命爆发，村塾被废除，成立了新式初等小学。因王尽美成绩优秀，校长破例免除学费让他继续学习。两三年后，王尽美以优异的成绩毕业，进入枳沟镇高等小学，又因成绩优秀而成了唯一享受学杂费全免的学生。

王尽美对罗章龙介绍自己的家乡："我们老家，有一句话，叫至今东鲁遗风在，十万人家尽读书。"

山东是当年齐鲁所在地，也是孔子的故乡。诸城也深受儒家文化的影响，读书风气十分浓厚。就是在这种读书氛围中，王尽美于1918年以优异成绩考入山东省立第一师范学校。他曾经的理想，是当一个教师，但后来，一个事件让他打消了这个念头。

那就是1919年爆发的五四运动。

1919年1月，第一次世界大战结束后，战胜国在法国巴黎凡尔赛宫召开所谓的"和平会议"，中国作为第一次世界大战战胜国之一参加了会议，中国代表在和会上提出废除外国在中国的势力范围、撤出外国在中国的军队和取消"二十一条"等正义要求，但巴黎和会不顾中国也是战胜国之一，拒绝了中国代表提出的要求，竟然决定将德国在中国山东的权益转让给日本，北洋政府竟准备在"对德和约"上签字，引起了中国人民的强烈反对，五四运动因此爆发。

从5月4日开始，北京的学生纷纷罢课，组织演讲、宣传，随后天津、上海、广州、南京、杭州、武汉、济南的学生、工人也给予声援。

24岁的罗章龙是北大的学生，五四运动北京主战场的主要参与者。"五四"就像一根纽带，把来自全国各地的高校学生们，串成了一个整体。

全国各地的高校，以北大为楷模，相继成立学生会，北京国立八所校院的学生会开始和外省的学生会建立了联系。罗章龙在北京大学学生会负责外联，与全国各地的学生会代表见面、洽谈、交流，成为他主要的工作。

山东省不可避免地成为全国人民关注的焦点，山东人民更是对殖民统治深感切肤之痛。作为山东人中的一员，王尽美胸中的怒火被点燃了，他被同学们推选为省一师北园分校代表，积极联络学生建立爱国反日组织，带领同学参加集会、游行。

"罗同志，我在师范读书，本希望师范里每一位学生都成为发达教育的孢子，将来能把四万万同胞的腐败脑筋洗刷净尽，更换上光明纯洁的思想。可到校后，在教科书、讲义中，却发现从没有人提及'教育'二字的真实含义。埋头读书，不问政治，对救国救民是无济于事的，也绝不是青年学生应走的道路。"

奔着"师范"而来、想当教师谋生的王尽美，从此改变了自己的志向。

1919年5月7日晚，省一师联合济南共21所学校学生代表70余人在省议会开会，正式成立全省学生联合会，王尽美被推选为学联负责人之一。

四处奔走，到处演讲，振臂呐喊，策划各种活动。王尽美的革命活动引起了学校当局的注意，他们将王尽美视为"危险分子"。1921年秋冬之交，王尽美在学校的壁报栏内写了一篇题为《饭碗问题》的讽刺文章，对学监们名为办教育实则为自己的饭碗而四处钻营的丑恶行径进行了淋漓尽致的揭露。学校当局恼羞成怒开除了王尽美。从此王尽美成为一名职业革命家，这一年他23岁。

两个热血青年意气相投，他们有太多相像的地方，一样的文弱，一样的瘦削，一样的满脸学生气。罗章龙鼻梁上架着一副眼镜，显得更具书卷气；王尽美没有戴眼镜，长面大耳，清秀之外，更有几分农家子弟的质朴。

面对一心想要寻找到救国之路的王尽美，罗章龙说："去北大吧，那里是你该去的地方。"

罗章龙（1896—1995）

2

北京东城区五四大街28号，一栋富有西洋风格的红砖建筑，被称为北大的红楼。

在罗章龙的推荐下，王尽美走进北大，走进红楼，也认识了他心目中的偶像——李大钊。

李大钊与陈独秀，并称为"南陈北李"，是中国思想界、学术界的"巨星"。

1915年9月15日，陈独秀主编的《青年杂志》在上海创刊。从1916年9月起改名为《新青年》。

他为这杂志所写的发刊词《敬告青年》，激励了无数青年。

"彼陈腐朽败之分子,一听其天然之淘汰,雅不愿以如流之岁月,与之说短道长,希冀其脱胎换骨也。予所欲涕泣陈词者,惟属望于新鲜活泼之青年,有以自觉而奋斗耳!"(陈独秀《敬告青年》)

陈独秀汪洋恣肆、犀利辛辣的文笔,如一剂强心针,注入时代暗流中苦闷、彷徨的青年人心中,吹响了时代的号角。

陈独秀以一本杂志名扬天下,李大钊则以此为阵地,用一支劲笔,为马克思主义在中国画下一幅美好蓝图。这两位久负盛名的播火者,把北大变成了革命青年的圣坛,每隔一段时间,就有很多的青年来这里"朝圣"。青年人以在《新青年》上发表作品为骄傲。

"试看将来的环球,必是赤旗的世界。"

李大钊的这句革命口号,激荡了王尽美的心。

秋天的北大校园,天高云阔,秋高气爽,巍巍庄严博雅塔,明澈澄静未名湖。在北京大学图书馆,王尽美见到了北大的精神领袖李大钊、学生领袖邓中夏等中国的风云人物。

与李大钊的会见,让马克思主义学说在王尽美的心中落地生根。

马克思主义学说此时在中国并没有广为人知,只是在京城的文化圈里有一定的影响。五四运动以后,在陈独秀、李大钊等北大学者的推动下,这一学说才逐渐在高校学生中间传播开来。

由李大钊倡导,邓中夏、黄日葵、高君宇等十几人在北京最先成立的马克思学说研究会,是中国最早研究和传播马克思主义的团体,也是中国共产党成立前的基础组织。通过这个学会,人们知道了"里林(列宁)""马客士(马克思)"的名字,知道了1917年,在遥远的俄罗斯帝国,一场革命换来的天地巨变。

更多的人,通过这些事情,知道了一个名词——共产党。

共产党进入国人的视线,其实要远远早于马克思学说研究会的成立。有一种考证,说是在1899年,上海广学会出版的《万国公报》第

121期所载的《大同学》一章中，就提到了"马克思"的名字，称其为"其以百工领袖著名者"。而后，在广有影响的《新民丛报》中，也有一个人给了马克思极高的评价——"麦喀士（马克思），日耳曼人，社会主义之泰斗也"。

这位给予其极高评价的作者，是赫赫有名的梁启超。

共产党真正被国人所知，是1912年《新世界》杂志发表了节译的《共产党宣言》，让人们第一次见到了一个全新的政党——"共产党"，同年3月31日，在上海同盟会激进派主办的《民权报》上，有这样一则启事："中国共产党征集同志：本党方在组织，海内外同志有愿赐教及签名者，请通函南京文德桥阅报社为叩，此布。"

革命是要流血的，是要推翻一个政权的事情，它不是改良，不是协商，这是俄国十月革命胜利带来的启示，这也让正在成立的马克思学说研究会，有着与此前所有的学术团体完全不同的特性，它是坚决、不妥协、颠覆性的。

李大钊与年轻的王尽美倾心长谈、引为同道。

"瑞俊，你有信心让马克思主义学说在你的老家山东落地生根吗？"

"有信心。"

"靠什么？"

"我们可以办杂志，我和邓恩铭早就商量好了，可以用办杂志的方法传播这一思想，我们要学陈先生、李先生，把新思想、新学说传播出去，让千千万万的人都知道。"

这次愉快的交谈之后，王尽美从李大钊那里获得了一件礼物——刚刚出版的中译本《共产党宣言》。

1920年11月，王尽美回到山东济南后与邓恩铭等参照北京马克思学说研究会形式，发起组织了一个研究马克思理论的团体——励新学会，出版了半月刊《励新》。

"近来，新思潮蓬蓬勃勃过来以后，便与前大不相同了。大多数青年，已经有了觉悟，便觉着老实读书以外，个人和社会、和人类还有种关系，非常重大，已注意到这上头，便对于从前一切的制度、学说、风俗……都发生了不满意，都从根本上怀疑起来……"

《励新》是山东历史上第一个红色刊物，作为宣传马克思主义的重要阵地，为山东建立中共党组织奠定了思想基础。

1919年3月2日，在遥远而寒冷的莫斯科，召开了共产国际第一次代表大会。

就是在这次大会上，列宁了解了当下的中国：激烈的国内战争，腐败的军阀政权，激进的学生，倾向于马克思主义学说的知识分子……列宁和共产国际作出一个决定："考察在上海建立共产国际东亚书记处的可能性。"

一个叫维经斯基的俄共党员，带着这个使命，不远万里，来到中国，商议建立中国共产党的组织事项。

1920年4月初，经过长达数十天的辗转奔波，5位带着俄文《生活报》记者证、持有苏维埃俄罗斯共和国护照的客人来到了北京，住在最繁华的王府井大街上的一个外国公寓里，为首的就是27岁的维经斯基。

维经斯基见到了中国共产主义的两位领袖——李大钊和陈独秀。他们开始讨论在中国建立共产党的问题。维经斯基更进一步得出结论："在中国建立共产党已经具备客观条件。"（据《党史研究资料》1981年6、7期）

1920年8月，上海成立共产党早期组织，为建立中国共产党迈出了坚实的一步。随后各地纷纷成立共产党早期组织，奠定了党成立的基础。

从马克思学说研究会到共产党早期组织，革命火种开始燃烧。

1920年10月，李大钊等在北京成立北京共产党早期组织。同年底，成立共产党北京支部，李大钊任书记。

1920年秋，董必武、陈潭秋、包惠僧等在武昌秘密召开会议，正式成立武汉共产党早期组织，推选包惠僧为书记。

1920年秋，施存统、周佛海等在日本东京建立旅日共产党早期组织，施存统为负责人。

1920年秋冬之际，毛泽东、何叔衡等在长沙，以新民学会骨干为核心秘密组建共产党早期组织。

1921年，张申府、周恩来、赵世炎、刘清扬等在法国巴黎也建立了由留学生中先进分子组成的共产党早期组织，张申府为负责人。

1920年底至1921年初，王尽美、邓恩铭等在济南建立共产党早期组织。

……

3

1921年7月，来自全国各地的13位代表聚集上海，参加中国共产党第一次代表大会。

来自山东共产党早期组织的王尽美、邓恩铭参加了大会。

7月的一个夜晚，中国共产党第一次全国代表大会在上海法租界一座二层居民小楼中秘密开幕。

客厅里，湖南话、广东话、北京话、山东话交织在一起。

王尽美见到了神交已久、心甚向往的革命同志——毛泽东。

两个人有相同的经历——办杂志。王尽美办过《励新》杂志，毛

中国共产党第一次代表大会会址

泽东办过《湘江评论》。他们都看过彼此的文章。

王尽美与毛泽东相谈甚欢,两个人都有找到知己的感觉。

会议正在进行时,突然有密探闯入了会场,虽然被大家搪塞过去,却不得不中止了会议,随后法租界巡捕房又来搜查,幸亏大家已全部转移,才幸免于难,但环境变得极不安全。在与会代表李达的夫人王会悟的建议下,代表们前往她的家乡嘉兴南湖开会,因为那里离上海很近,又易于隐蔽。

7月31日上午,风平浪静的南湖之上,一条画舫缓缓驶来,11位神秘的客人登上了画舫。

南湖与大运河相连,古时被称为渭池,又被称为鸳鸯湖,此地有一个湖心岛,岛上有亭台楼阁,其最著名的是一个名叫烟雨楼的地方。据说当年喜欢游山玩水的乾隆皇帝特别喜欢去南湖,尤其喜欢观赏烟雨楼,他六游江南,八次登上南湖的烟雨楼,还留下了"不殊图画倪黄境,真是楼台烟雨中"的诗句。

当共产党人登上画舫之后,南湖历史定格在这一天,原本雕梁画栋、浪漫旖旎的南湖画舫，从此以后，有了一个新的名字——红船。

在南湖的这艘画舫上，11个年轻人，举行了中国共产党第一次代表大会的最后一次会议，在会议上确定了党的名称为"中国共产党"，确定了中国共产党的纲领，在纲领中第一次明确提出要把工人、农民和士兵组织起来，并确定党的根本政治目的是实行社会革命。

如同一轮红日在海平面冉冉升起，南湖的红船上，一个新的政党诞生了，一个新的时代开启了。

王尽美怀着激动的心情写下了《肇在造化——赠友人》：

> 贫富阶级见疆场，
> 尽善尽美唯解放。
> 潍水泥沙统入海，
> 乔有麓下看沧桑。

这一天起，他将自己的名字王瑞俊改成了"王尽美"，立志为全人类实现尽善尽美的共产主义理想而奋斗。

4

1921年的12月，天寒地冻，在一列呼啸的火车上，王尽美隔着车窗，望着冰封千里、满目萧索的世界，心中燃烧着一团熊熊烈火。

这列火车的终点，是王尽美心中向往已久的革命圣地——苏俄。

第一次世界大战结束后，美国为了在远东和太平洋地区称霸，于1921年11月发起召开了由美、英、法、日等9国参加的华盛顿会议，意在控制中国，加紧对远东地区的侵略。为了对抗华盛顿会议，共产国际决定于1922年1月在莫斯科召开远东各国共产党及民族革命团体代表大会，出席会议的有世界各地共产党的代表。中国的共产党、国民党和社会革命团体的代表几十人出席了会议。

这是王尽美第一次走出国门，他将见到伟大的列宁。

冒着严寒的天气，化装成商人的王尽美等人乘火车出山海关，经奉天到哈尔滨，越过封锁线，再经满洲里，最后前往会议地点——伊尔库茨克。

与他同行的代表，还有从不同的地点赶过来的张国焘、柯庆施、邓恩铭、高君宇等。

因为路线的漫长，他们要在寒冷的北方行进3个月，当时，西伯利亚铁路虽然恢复通车，但路基崎岖不平，火车跑起来颠颠簸簸。火车没有煤烧，只能烧劈碎的木块，所以每次进站总要停十几分钟，加足了木块再开车。

一路上，除了寒冷、颠簸，还有可怕的劫匪和兵乱。满洲里在奉系张作霖的管辖区，劫匪丛生，战乱不息。过了中国边境线，苏俄也不太平，苏俄刚刚平定叛乱，白匪高尔察克的残余部队还经常袭击火车。

路漫漫其修远兮。他们最终克服一切困难，终于到达了伊尔库茨克。

到伊尔库茨克时，苏俄方考虑到方便共产国际就近指导会议以及满足各国代表想到苏俄各重要城市参观等原因，又将大会改在莫斯科举行。王尽美等人又坐了几天的火车，从伊尔库茨克到达了莫斯科。

1922年1月21日，莫斯科捷列卡街3号楼，这里曾是叶卡捷琳娜一世时期著名政治家奥斯捷尔曼的公馆，十月革命后被革命者征用，用于办公。这里也成为第一次远东共产国际会议召开的中心。

来自中国、朝鲜、日本、蒙古等国的数百位代表参加了会议。

时年51岁的列宁，因为每日的操劳与缺乏休息，身体并不太好，但他仍然精神抖擞地接待了不远万里赶来的代表们。对于大家来说，能够见到列宁，是一生中最激动人心的事情。

当晚，在各国代表团举行的联欢晚会上，主办方安排了音乐表演，当主持人问及有没有人愿意上台为大家表演个节目助兴之时，中国代表团的王尽美走上了舞台，用中国乐器三弦，弹奏了中国传统乐曲《梅花三弄》等曲子。

王尽美爱好音乐，少年时，就无师自通地学会了拉二胡，还会唱戏和表演，成为北杏村农民戏班子里的主角。"五四"时期，他组织学生运动时，就多次用自创歌曲组织大家演唱，从而发动群众。他曾把中国传统名曲《苏武牧羊》改成了革命歌曲《厂主寄生虫》，在学生中间广为传唱。

在世界共产党人的大舞台上，王尽美展现了他的才华，也为中国代表团的亮相增添了光彩。

一曲《梅花三弄》，让在场的各国代表认识了这位瘦弱、清秀而又充满激情的青年。

会议期间，列宁抱病接见了中国的一部分代表。他指出，中国现阶段的任务是反对帝国主义和封建主义，勉励中国工人阶级和革命人民团结一致，推动中国革命向前发展。

会议组织各国代表参观了列宁的办公室。在参观中，王尽美发现因为粮食紧缺，列宁和全苏俄人民一样吃黑面包，他亲眼看到列宁的办公桌抽屉里还放着一小块儿黑面包。

列宁如此节俭，却要求会务组给与会代表提供精美的食品，餐餐有鱼有肉，这让代表们深受感动。这件事情给了王尽美很大的震撼。在列宁身上，他看到了一个共产党人的品质。

大会整整开了 10 天，于 2 月 2 日结束。会议结束后，王尽美等人没有回国，而是留在莫斯科参观学习了半年。

在苏俄的半年时间里，王尽美等人深入红色工厂，参加了列宁倡导的"干部星期六义务劳动"。在工厂与工会干部、工人的观摩交流中，王尽美开阔了眼界,坚定了信念。

在苏俄这段时间里,王尽美明白了一个道理——到工厂去,到工人中间去,到人民中间去,才能够开辟革命的土壤,让马克思主义生根开花!

5

中共"一大"召开以后,在中国共产党的纲领中,已经明确提出要把工人、农民和士兵组织起来,实行社会革命。1921年8月,领导中国工人运动的中国劳动组合书记部在上海成立,主任为张特立(张国焘)。

中国劳动组合书记部的主要任务是对工人进行宣传教育,建立工会组织,领导工人进行经济的和政治的斗争。中国劳动组合书记部在上海成立后,北京成立了中国劳动组合书记部北方分部,由罗章龙负责,随即又成立了武汉、上海、湖南、广东、山东等分部。王尽美成为山东济南分部的主任。

这个部门的成立,使中国共产党有了领导全国工人运动的机关。

中国劳动组合书记部北方分部成立之后,作为山东代表,王尽美在工人中间做了大量的革命工作。

他与时任中国劳动组合书记部北方分部主任的罗章龙一起,筹备成立了大槐树机厂工会——这也是山东省第一个产业工会。此后两人还多次前往津浦路沿线淄川、博山等地,为建立工会而奔走。

1922年7月16日至23日,中国共产党第二次全国代表大会在上海南成都路辅德里625号召开。出席会议的代表共12名,陈独秀、杨明斋、罗章龙参加了会议。王尽美以中共济南地方组织代表和参加远东各国共产党及民族革命团体第一次代表大会代表的双重身份出席了大会。

在这次大会上,通过了《中国共产党第二次全国代表大会宣言》和其他决议案。其中,在工人运动方面,通过了《关于"工会运动与共产党"的议决案》,要求各地党组织,集中力量组织成立产业工人工会,如铁路、海员、五金、纺织工会等;工会工作必须切实地把工人阶级的目前利益和长远利益结合起来,为改善工人的生活和劳动条件而努力;同时还必须领导工人开展政治斗争。

中国共产党第一次比较完整地对中国工人运动提出了具体要求。

罗章龙向上级领导提议调王尽美到北方区工作,中央代表团赞成,但山东党组织却认为,王尽美在山东是无可替代的,此时不宜让他过去。

大家讨论的结果是,干脆让山东分部与北方分部合并。

1922年10月,山东分部正式并入北方分部,王尽美任书记部副主任兼秘书,后又被任命为京奉铁路特派员。

中国劳动组合书记部北方分部的工作范围涵盖直隶、山东、山西、陕西、河南、热河、察哈尔、绥远、甘肃及东北三省;工作重点是在上述地区的铁路工人及开滦煤矿中建立组织,开展工作。

中国劳动组合书记部北方分部成员(1922—1923)名单如下:

罗章龙(主任)、王尽美(副主任兼秘书)、邓培、史文彬、孙云鹏、唐宏经、王荷波、时奎元、张汉清、付书棠、伦克忠、姚佐唐、王符圣。

其中京绥路的特派员为:何孟雄、张汉清、王旭文、马静尘;京奉路的特派员为:王尽美、王麟书、韩玉山。

这些意气风发的年轻人凭着一腔热血和对党的忠诚,投入伟大的工人运动中。

在工人眼中,这些人都是学生,也都是识文断字的文化人,当和这些人结识后,工人们给很多人起了绰号:张特立(张国焘)足智多谋被称为张孔明，邓中夏性情直率被称为邓大炮，王尽美机智勇敢被称为盖韩信，吴汝明重度近视被称为吴瞎子，王仲一粗犷耿直被称为王提辖。（据罗章龙《北方地区工人运动资料选编》）

被称为盖韩信的王尽美，如同百万军中运筹帷幄的将军一样，走上了新的战场。他的人生从此与工人的命运紧密联系在了一起。

6

1860年前后，清政府开始搞洋务。洋务先从军工厂开始，一步步发展成为多元化的民族工业，从制造局、船政局、机器局等官办企业，又到邮传、铁路、煤矿、电厂等官商合办企业，中国工人阶级逐步形成。

中国工人阶级从诞生起就处于两种形态之中。一方面，民族工业是国人的产业；另一方面，因为技术落后、资金匮乏、管理手段陈旧，还需要来自西方发达国家的扶持。

"师夷长技以制夷"，是兴办洋务的初衷，但在实施过程中，却出现了过度依赖洋人技术的桎梏，不仅受技术控制，后来甚至还需要洋人的资金扶持才能运转，不能"制夷"反而被"夷制"。甲午战争之后，中国主权丧失，多数民族工业落入西方列强控制之中，工人阶级处于封建主义和殖民主义的双重压迫中，生活困苦不堪。

在俄国的十月革命中，列宁依靠工人阶级推翻了一个旧政权，这让中国共产党人开始意识到工人阶级身上蕴藏的巨大力量。距离北京较近的长辛店工厂，作为北京铁路工人的聚集地，也开始成为进步知识分子的团结对象和革命的"试验田"。五四运动期间，长辛店工人也曾走上街头，参与到罢工活动中，成为爱国学生的应援军。

中国的北方一直有着深厚的工人基础，这与中国近代工业的创建、洋务运动的成果是分不开的。

　　1874年,在北洋重臣李鸿章亲自领导下,筹建了开平矿务局,建立了开平煤矿,造就了数万名产业工人。开平矿务局建造了中国第一条自建铁路——唐胥铁路,此后又扩修津榆铁路、京奉铁路,出现了最早的一批铁路工人。煤炭、铁路的出现,成为工人阶级成长壮大的温床。1898年,开平矿务局在建立煤矿产业后,又在秦皇岛地区设立自开口岸,建立了中国第一个自开港口——秦皇岛港。

　　放眼整个河北省,既有以煤矿起家的唐山,也有因为铁路和港口而成长起来的产业工人聚集地——秦皇岛,形成了以铁路、煤矿、港口为核心的生产线,也诞生了数以万计的产业工人。

　　中国劳动组合书记部北方分部的骨干纷纷前往这片土地。邓培去了他的老家、重要的工业城市——唐山,而王尽美要去的,是在京奉铁路线上的一个独特的工厂——山海关铁工厂。

　　山海关素有天下第一关的美誉,因为地处河北省与辽宁省之屏界,又被称为"两京锁钥无双地,万里长城第一关"。

　　这座关城1381年由明朝大将军徐达始建,此后一直成为阻止关外游牧民族入侵京师的屏障。围绕这座关城,有很多的历史旧事,最有名的莫过于1644年的甲申之战——李自成就是在这里兵败吴三桂,从而有了"恸哭六军俱缟素,冲冠一怒为红颜"的名句。

　　山海关是京奉路横贯关内外的咽喉要塞,这座小小的关城,不仅有动人的历史,还贯穿着中国重要的铁路动脉。

　　山海关自古就是兵家必争之地。1920年,直皖战争爆发,战火蔓延。1921年底,直奉两系开战,第一次交战的主战场就在山海关。最后,吴佩孚率领的直系军队获胜,按双方停火协议,奉军驻扎在山海关铁路沿线一带,由山海关到天津的地方政权,归直系的河北省公署控制,奉军不管地方事项。奉系驻军,但不管政事,直系管事,又无驻军,

山海关古城老照片

于是这里就变成了一个"三不管"的地带。

在这一地区搞工人运动,拥有得天独厚的条件。

1922年8月,王尽美从北京出发,前往山海关铁工厂。

这也是他从"红船"出发,走向未来的"红桥"的第一步。

多年以后,罗章龙用一首诗描绘了当年送别王尽美的情景:

风雪榆关道,同君到海偶。
地掀千嶂起,波涌片帆孤。
海岳兼形胜,天人辟坦途。
叮咛五矿事,喜汝见良图。

诗中以深挚的情感,回忆了王尽美到山海关,为北方工人运动带去革命火种的往事。我们也用这首诗,作为一个引子,为人们掀开一段由共产党人书写的"红桥"的历史。

第一章 铁工厂风云

　　随着工业革命的发展，蒸汽机的应用日益广泛，以蒸汽机为动力的铁路运输出现后，铁路产业逐渐兴起。当帝国主义打开中国的大门之后，便开始实施"以新辟的道路和交通来代替旧时的战争和并吞领土的政策"，铁路成为帝国主义国家侵略中国的重要工具。

　　山桥厂应运而生。

三 座 雕 像

距古城山海关中心 2 千米的地方，有一座工厂，厂房立于喧闹而又狭窄的马路一侧，东靠渤海西路、西濒石河下游、南与居民生活区相连、北抵京沈铁路干线的交会处。工厂存在的时间太长，到底存在了多少年？很多当地人也不能一下子就说对。它的名字也改变了很多次，在 127 年前最早被称为造桥厂，后又变成铁工厂，新中国成立后又改为山海关桥梁工厂，2001 年改为中铁山桥集团有限责任公司，常被简称为中铁山桥。

历史像一个无声的巨人，沉默伫立着，他不言不语，却又内含惊雷，它平静如水，却又暗藏激流。

工厂存在了 127 年，其间历史太长太长，故事也太多太多。如果你是一个进厂参观的人，老职工可能会带你绕过厂房，来到位于行政大楼后面的文化广场，在一片郁郁葱葱的绿草地上，矗立着三座雕像，看着它们，你瞬间就会走进这座老厂的历史。

第一座雕像：李鸿章

中国的铁路是洋务运动的产物，最初是为运煤服务的。1876 年 9 月，李鸿章派唐廷枢筹办"开平矿务局"，1881 年开平煤矿全面投产。为解决煤炭运输问题，1877 年，开平煤矿公司计划修建一条从开平矿区

山桥厂内的李鸿章雕像

直达北塘河口的铁路。

  但这一想法屡受保守、僵化的清政府贵族的阻挠。清政府多位高官以"机车行驶震坏东陵，喷烟伤害禾稼"为由上奏反对。其根本原因是担心因为修建铁路需要改道、开道，可能会毁坏他们的田产、矿山。最终经李鸿章等人多方努力，甚至许诺以骡马拖拽车厢在轨道上行驶，才得以在开平矿区与胥各庄之间修筑一条轻便铁路，这条铁路被称为唐胥铁路，也由于最初以骡马作为牵引动力，因此被称为"马车铁路"。

  唐胥铁路在1880年冬季开始铺轨，1881年夏初完成，这段9.7千米长的铁路也是京奉铁路的开端。铁路由开平铁路公司管理，这是中国第一个铁路管理机构，也成为中国铁路独立经营的开端。

  唐胥铁路的修建创造了三个国内第一：我国自建的第一条矿山铁路；第一条采用标准轨距的铁路；第一条自办运输的铁路。

开平矿务局有一个英国工程师,名叫金达,他按照英国标准在胥各庄建立了一个修理工厂,用煤矿风机改制出了我国第一台蒸汽机车——"龙号"机车,金达称它为"中国火箭号",可以牵引百余吨的货物。

1881年6月9日,机车正式投入使用,终于结束了"马车铁路"时代。

为适应运输需求,李鸿章不断推进唐胥铁路向东、西建设。1886年11月,胥各庄到芦台铁路开工,1887年5月竣工。1888年8月底,铁路继续向西修到了天津东站,唐山至天津之间铁路完工通车,并办理直通客货运输业务。

克劳德·威廉·金达(Claude William Kinder C.M.G.)

1890年3月,鉴于俄国侵略东北的野心越来越大,清光绪皇帝发布旨谕,决定将津唐铁路展筑至山海关外,过锦州、新民,至盛京(今沈阳),这也是后来京奉铁路的路线。1891年4月,清政府批准将唐津铁路向东延伸至山海关,进而向东北扩展,并派李鸿章为关东铁路督办,在山海关设立"北洋官铁路局",主管铁路修建事务。

中国历史上的第一个管理铁路的单位——铁路局诞生了。

1893年铁路向北端延伸至山海关的路段建成,这条铁路自此改称津榆铁路(因山海关在历史上曾称"榆关")。

津榆铁路继续向长城外修筑

1894年,中日甲午战争爆发,关东铁路被迫停工。1896年,北洋官铁路局改名为"津榆铁路总局"。1897年津榆铁路总局又改名为"关内外铁路总局"。1898年10月,清政府将津榆铁路延伸至奉天(今沈阳),改称关内外铁路,并与英国、俄国签订关内外铁路借款合同。

1907年8月,关内外铁路自北京永定门车站至沈阳皇姑屯车站通车,又改称为京奉铁路,在天津设京奉铁路局。

1912年,京奉铁路局牵头,率先与京汉铁路、京张铁路办理三条铁路线客货联运业务,成为我国第一条开办联运业务的铁路,从此铁路运输进入新阶段,为促进中国经济发展提供了条件。

1913年12月,京奉铁路局改为京奉铁路管理局。

"本路由枝枝节节而成,开办最早,获利之多,营造费之廉,均为各路冠。"(据《中国铁道史》)京奉铁路承载了太多的岁月沧桑,也见证了社会前行的艰难历史,在它身上即将发生许多足以载入史册的事件。这其中，就包括了山海关铁工厂的诞生。

第二座雕像：詹天佑

詹天佑，1861年出生于广东南海，12岁就作为中国第一批官办留美学生到美国留学，考入美国耶鲁大学土木工程系，主修铁路工程专业，1881年学成回国，1888年进入中国铁路公司担任工程师。

在中国，铁路与桥梁是"舶来品"，中国人没有自己修建铁路和造桥的能力。

1892年，津榆铁路修至滦县，因为滦河水流湍急，不易通车，所以计划修建滦河桥。

滦河长877千米，流域面积4.46万平方千米。平时水面宽约50余米，

山桥厂内的詹天佑雕像

夏季洪水暴发时水面宽达600余米，河道冲淤变化很大。负责津榆铁路修建的总工程师金达表示："穿越滦河的铁路大桥工程是尚无先例的难点。"滦河大桥架设的成败直接关系到津榆铁路能否开通。

说到底，造桥是为了修铁路，没有桥，也就通不了路。

许多国家都想兜揽这桩生意，金达当然以英国人为先，首先聘请了英国人、桥梁专家喀克斯负责滦河桥的修建。喀克斯把桥址选在了榆山与武山之间的河道，尽管喀克斯费了九牛二虎之力，但因滦河水大流急，淤沙过厚，又值洪峰季节，打桩遇到极大困难，桥墩屡筑屡塌，始终找不到架桥立墩的办法，最后只能宣告失败。

金达眼看喀克斯架桥无望，便向日本、德国工程师寻求帮助。日本、德国工程师起初无不嘲笑英国人的愚蠢，他们信心满满地准备在英国人面前大显身手一番。

然而面对滦河河宽水急、河床地质结构复杂、桥墩屡建屡塌的现实困难，日、德专家经多次尝试都以失败告终，只能放弃，灰溜溜地退出了。

德国工匠采用空气打桩法修筑桥墩。因滦河水势太猛，根本无法作业，情急之下，德国工程专家竟不顾后果，炸掉了滦河西岸的独石山。高达十数丈的独石山是正对滦河主河道的一块巨石，从上游飞泻而下的急流撞在其上轰然激返，折向东南，从而使滦河下游的河道一直靠近昌黎县境一侧，独石山被炸毁后，急流不再东折，而是在紧靠滦州城的西岸冲刷，导致数万亩良田陆续塌陷。

然而，即使付出了这样巨大的代价，德国人依然无法立桩。

金达眼看工期临近，无奈之下授意喀克斯求助正在石门镇任分段铁路工程师、督建滦河以东铁路的中国铁路工程师詹天佑。

詹天佑仔细研究了英、日、德等工程师用过的各种施工方法，详尽分析了各国失败的原因，又对滦河的水深、流速、河底的地质土壤进行了周密的测量研究之后，积极吸取中国先民造桥选址的经验，决定改变原有的设计桥位，将建桥基址由山口南移。

尽管增加了大桥的长度，但因河面开阔，水势较缓，使得打桩、立柱、运料、行船等工作得以进行。詹天佑采用中国传统方法，让潜水员潜入河底，配以机器操作，把桥墩架在西岸的横山与东岸的武山山脚的岩床上，筑墩施工则采用"压气沉箱法"，同时从大连借用俄国修建军港时留下的特大长松木，将长松木左右两侧锯成笔直平滑的光面，使长松木排成圆形，缝隙密不透水，得以淘净墩基，顺利立墩。最终，坚实厚重、充满了力量感的桥墩在滦河宽阔的水面上一个接一个地竖立起来。

为了节省资金，在浇筑桥墩时，詹天佑就地取材，使用武山和榆山盛产的"桩子石"和"台阶石"，让石匠精心打制，使之严丝合缝，尺寸划一。

詹天佑将两段桥台作为深井基础，以混凝土灌筑。当时的水泥必须从英国进口，价格昂贵，为节省资金，还从专门从事水下作业的工役匠人那里获得一种俗名"万年牢"的用于水下垒石、和泥黏结的秘方，作为黏合剂，将砌筑巨型桥墩所用的条石黏合、筑为一体，使其水冲不散，结冻不碎。

滦河桥的钢梁由英国制造，为保证架设质量，现场由英国工程技术人员指导。但他们的态度非常恶劣，对架桥的工人时常训斥，引起了工人们的不满。詹天佑为使工人熟悉钢桥梁，便编辑了有关钢桥梁知识的小册子，将钢桥梁的上平联、下平联、横梁、纵梁、桥门、直辅杆、斜辅杆等每一部分用图展示出来，利用工余时间对工人进行培训，结合现场实物给他们讲解钢桥梁的结构，解答专业名词，把整个桥梁清晰地展现给大家。

詹天佑还给大家演示钢桥梁铆接的技巧。在铆钉烧制作业时，詹天佑指导工人严格掌握烧制火候，通过观察铆钉颜色变化掌握铆接的最佳时点。工人们在工余时间不断地演习着烧钉、接钉、顶钉、铆钉等各个环节的技术动作，确保了滦河大桥工程如期完成。

1894年2月，中国第一座大型钢结构铁路桥——滦河大桥正式竣工。

滦河大桥

滦河大桥的成功修建具有极其重要的意义，充分显示了中国人的高超智慧和能力。凭着1894年滦河大桥的成功修建，詹天佑被英国工程研究会选举为该会会员。

滦河大桥的修建开创了中国制造、架设钢桥梁的历史，滦河大桥之后，钢桥梁逐步被广泛地应用在跨越江河湖海以及山谷的交通线上，对促进我国交通事业发展起到了不可估量的作用。

更可贵的是,通过滦河桥的实践,培养出了我国第一代钢桥梁制造和架设专业人才,直接促就了我国第一家造桥厂的诞生。

1893年5月,津榆铁路修至山海关时,北洋官铁路局筹建了以锻制铁路工务用品为主要业务的山海关工厂,开始生产铁路常用的简单工务产品。

大桥架起后,锻造铁路工务用品的工厂面临被遣散,那些随詹天佑一直工作的技工们,也没有了用武之地。时任北洋大臣、关东铁路督办的李鸿章觉得可惜,于是上书朝廷,表达自己的意见:厂内三百余技工"得之不易,如遣散实为可惜……"。(据《铁道部山海关桥梁工厂志》)

在李鸿章的建议下,清政府最终留用了这批技工,并拨请白银48万两,将参加架设滦河大桥的300余名工人集中到山海关工厂,合并

山海关造桥厂旧照

成立山海关造桥厂，也就是后来的铁工厂、山桥厂。

这也让山桥从创办伊始，就有着"国有"企业的特点。

国民政府交通部在1934年编著的《交通史路政编》一书中，详细记载了山桥建厂之初的情况："工厂仅有厂长办公室两间，库房一所，工房仅有桥梁房、机器房、配机房、翻砂房、木样房、油漆房共8所，全厂占地135亩，位置于山海关车站之西、铁路之南……"

建厂之初，因受设备、技术、工艺等限制，造桥厂主要以手工和半流动作业的方式，生产一些简单的铁路用配件、号灯、扬旗、钢梁配件等产品，不具备制造钢梁、道岔的技术工艺和生产能力。

1896年春天，原本负责关外铁路修筑的詹天佑，奉调从锦州到山海关讨论创办铁路学堂的事宜，同年11月，经清政府批准，北洋铁路总局创办了中国第一所铁路学堂——山海关北洋铁路官司学堂。在其

20世纪二三十年代的道岔厂房

后的京张铁路建设中，勘测设计及施工的技术骨干，主要来自这所学堂，这些人后来都成了建树颇多的铁路专家，也大多成为造桥厂的中坚力量。

1898年，造桥厂引进了英国造桥技术和专用设备，逐渐具备制造钢梁的能力，开始为铁路线制造钢结构桥梁。1912年开始生产制造道岔产品，开启了我国生产制造道岔的历史。

就是在这家设备简陋的工厂，詹天佑与300名技工正式开启了中国人自己的现代梁桥梦想。山海关造桥厂成为我国"钢桥的摇篮"和"道岔的故乡"。

1905年，京张铁路动工修建，作为中国首位铁路总工程师，詹天佑开始主持修建这段由中国人第一次自主设计建造的铁路。

清政府设立京张铁路局，以陈昭常为总办，詹天佑任会办兼总工程师，第二年詹天佑升为总办，全面主持修建京张铁路。消息传出，立刻遭到帝国主义列强的冷嘲热讽："中国人想不靠外国人自己修铁路，就算不是梦想，至少也得五十年。"英国报刊甚至断言："中国能够修筑这条铁路的工程师还没出世呢！"他们甚至攻击詹天佑是"狂妄自大""不自量力"。但詹天佑无所畏惧，毫不犹豫地承担了这个艰巨的任务，坚持不任用一个外国工程师，由中国人自己负责京张铁路的修筑。

詹天佑说："中国地大物博，而于一路之工必须借重外人，我以为耻！""中国已经醒过了，中国人要用自己的工程师和自己的钱建筑铁路。"

京张铁路地势艰难，"中隔高山峻岭……又有七千余尺桥梁，路险工艰为他处所未有"，但詹天佑与技工们不负众望，再次大展身手。

京张铁路从正式开工到建成通车仅用了4年时间，在这期间，詹天佑亲力亲为，与工匠们同甘共苦，为京张铁路桥的诞生，洒下无数汗水。

京张铁路全线的121座桥梁，均为山桥修造，后来铁路的部分道岔，也由山桥生产。

京张铁路全线通车后，詹天佑一举成为享誉世界的"中国铁路之父"，山海关造桥厂声名远播。中国铁路的历史也开启了新纪元。

"百年源流，京奉京张。"这8个字里，流淌着詹天佑和300名工匠的血液。

京张铁路岫泥坑23号桥

京张铁路南沙河 15 号桥

京张铁路大石桥河 12 号桥

京张铁路怀来河 56 号桥

第三座雕像：王尽美

1891 年 4 月，在李鸿章的支持下，山海关北洋官铁路局成立，1894 年 4 月山海关造桥厂诞生。造桥厂聚集了一批技术工匠，成为中国最早的一批桥梁制造业工人。

1916 年 11 月，山海关造桥厂改名为京奉铁路山海关铁工厂，隶属京奉铁路管理局。1921 年，京奉铁路管理局任命英国人詹姆斯·博曼为山海关铁工厂副厂长，陈宏经为铁工厂机械工程师。截至 1922 年王尽美来到山桥的时候，山海关铁工厂有工人 1383 人。1923 年，铁工厂

山桥厂内的王尽美雕像

的职工增加到 1924 人。（据《铁道部山海关桥梁工厂志》）

工人阶级开始一步步走上政治舞台，王尽美的到来，让铁工厂的命运不再寄托于封疆大吏、社会精英、能工巧匠，而是握在工人自己的手里。

王尽美的雕像，是红桥的基石。

血泪铁工厂

铁工厂虽然归清政府,但从它建成的那天起,就被英国人控制。工厂规模很小,机器都是由英国运来的破旧机器,工人也很少,仅三四百人,虽然叫造桥厂,实际上只能修修铁路上的机件、道岔和扬旗,安装的都是进口的桥梁、道岔,什么东西都要仰仗英国进口。

随着工厂规模扩大,工人渐多,英国人开始招收中国高级员司协助,并采取把头负责制。由英国人管理,中国把头负责的这一模式曾经在中国很多工厂里使用,其弊端极大。

工人们基本上都是失地失业的农民和小手工业者,他们投亲靠友、离乡漂泊,以同乡互帮互助的方式落地为生。进入工厂后,依靠厂内有权势的同乡把头,便逐渐形成了地域特征非常明显的帮派。

当时山海关铁工厂的工人按地域分成四大帮派:天津帮、大沽帮、南皮帮和唐山帮。四大帮派各有各的帮主,各帮主在英国总管眼中的重要程度和帮中人数的多少,决定了他们在工厂内的地位。四大帮派之中,天津帮的帮主赵壁最受英国总管霍华德的器重,管着桥梁房、机械房等主要工房,所以天津帮在山海关铁工厂的势力最大。

英国人对于管理中国工人没有什么经验,也不愿意耗费精力,所以把很多权力下放给了把头。把头们权力极大,趁机拉帮结派,钩心斗角,为所欲为。

各帮帮主自然希望本帮派做大,有时甚至故意挑起帮派之间的纷争。其实对于工人来说,帮派之间仅有地域隔阂,大家并无真正利益

20 世纪 20 年代铁工厂旧照

之间的冲突，因为所有的利益都被把头控制着。

工人们感受最深的不是因地域差别带来的不公平，而是在本帮之内受到把头帮主欺负。帮内工人真的遇到什么困难，把头帮主并不帮忙解决，只靠工人们互相帮忙，但把头帮主家中一旦有大事小情，或是遇上一年三节，帮内工人们的礼金、礼物必须到位，否则就会受本帮帮主惩罚、暴打甚至找理由开除都不稀奇。由于封建把头故意制造帮派之间的矛盾，为了生存和自保，所以大家只有维系这种江湖关系。

新入厂的工人，不送礼不行，不是一个帮派的不行，工作当中休息不行，去厕所时间长了不行（超过6分钟就开除）。工头张口就骂，举手就打。那些凶恶的工头，每月只是吃黑钱就多达几百块大洋，他们吃喝玩乐，花天酒地，家里还有工人伺候着。他们拿着工人的血汗钱放账、做买卖、投机倒把。如工头郑实，只在山海关开的带永字的

买卖就有好几处（永茂居、永茂祥、永茂大等），不但是资本家还是工贼和大财主。（据山桥厂档案《刘武回忆录》）

工人们的收入分为四个等级：月工资最高的是工匠，最高工资是20多元，长工是8.4～10.2元，杂工为6元，学徒工为3.6～4.5元。

当时铁工厂的工资差距相当大，英国总管霍华德（H. G. Howard）每月的工资为1000～1200元，高级职员的工资一般是工人平均工资的26倍，在1921年至1922年间，曾高达61倍。（据《铁道部山海关桥梁工厂志》）

英国总管住在洋房里，家里有厨师、花匠，甚至养的狗都有专人伺候，特别是1900年八国联军侵入中国之后，在山海关老龙头建有营盘，英国总管更加有恃无恐。

当时厂内的每个工房都设有大把头，大把头下还有二把头，再下面还要养几个打手，一方面保护自己，更重要的是看管工人。

这些把头巧立名目，对工人层层盘剥。这其中，手段最阴险毒辣的，势力也最大的，就是天津帮把头赵壁。

赵壁规定：进厂做工的，不是天津人不行，不给他送礼不行，进厂后不按一年三季给他送礼不行。厂里有多少工人、多少帮工、多少徒工和技工，都记在赵壁的账本上，该上交钱的时候，一个也不能少。

工人工资的发放都以把头制作的表册为准，赵壁便从中大做文章。例如他开除工人不上报或少报，吃空额。因为赵壁在铁工厂说一不二，权力无限，所以当时有个说法：铁工厂就是赵壁的工厂。

除了把头，高级员司也暗中做手脚，对工人进行各种欺诈。

铁工厂的一个中国翻译，也是厂长的助理，叫王化其，他依仗其主子势力和个人的特殊地位，经常到铁路局去包额外的活儿，以饱私囊。为了讨好他的上司，他要的价码很低，以工人的名义签订合同，这样赚了钱是他的，万一赔本就加在工人身上。工人除了每天十几个

小时的工作外，还得给他做额外的活儿，却没有报酬，一无所得。（据中铁山桥厂档案记载）

工人们的待遇很差，当时厂里连根水管都没有，工人渴了连口凉水都喝不到。

工人们的日常工作压力也很大，加班加点是常事。每星期一、三、五都要加班3小时（每天正常工作是10个小时，每加班3个小时支给一日津贴）。

面对种种盘剥，工人们没有更好的办法，拖延怠工就成为唯一对抗的手段，以至于生产效率低下，形成恶性连锁反应。

工人们很想让外界知道自己的遭遇，可是闭塞的环境，让他们有苦说不出，只能选择沉默，逆来顺受。

这种局面，给共产党人在工人中间开展工作提供了条件，共产党人认识到只要抓住中国的主要社会矛盾，就可以将工人团结起来，积蓄力量。千千万万的产业工人，无疑会成为中国共产党最坚定的支持者。

工人们需要代表，需要一个声音，帮他们把苦与痛，喊出去，让全世界知道。

长辛店来客

杨宝昆，天津人，出生于天津南郊一个贫苦的家庭里。1912年，由于生活所迫，杨宝昆进入北京京汉铁路长辛店机厂当铁匠。

1919年五四运动爆发以后，杨宝昆支持学生运动，参与过共产党领导的罢工游行，作为工人中间的积极分子，于1921年1月1日，参加了由北京长辛店劳动补习学校办的补习班。

补习班由邓中夏主讲。在他的启发教育下，杨宝昆明白了"劳工神圣"的道理。

当让杨宝昆发表意见时，他说："咱穷哥们儿受压迫、受剥削，就因为没团结起来，不能抱成一团，所以才受欺负。如果咱们团结起来就不受气了。"

1921年7月，中国共产党成立后不久，杨宝昆在长辛店加入了中国共产党，成为工人中间最早的一批中国共产党员之一。

长辛店位于永定河西岸，是具有近千年历史的古镇，也是中国北方铁路工业的发源地之一。长辛店铁路机车厂集聚了数量众多的产业工人，具备开展工人运动的良好基础。

20世纪20年代初，早期共产主义者李大钊、邓中夏、张国焘等选取长辛店作为重要的活动基地，组织领导工人运动。

与其他工厂的工人相比，长辛店的工人素质较高。因为早在1918年，北京华法教育会就在长辛店开设了留法预备班，还创办了最早的"民众识字班"，让工人学习认字、写字。

五四运动期间，长辛店部分工人已经开始与北京城内热心工人运动的人士接触，进行了声援青年学生的斗争。1919年冬，留法预备班的学员离开长辛店以后，长辛店机车厂工人史文彬、陶善琮等人在原有识字班基础上创办了工人夜校，教授语文与算数。

1920年3月，马克思学说研究会成立之后，李大钊派张国焘、邓中夏等人来长辛店开展工作。1920年5月1日，邓中夏来到长辛店，组织工人举行纪念"五一"的活动。他在集会上发表演说时，听众的掌声几乎把火车汽笛的声音都盖住了。

在此基础上，张国焘、罗章龙、邓中夏、杨人杞与武明科、李懋银等人数次联络，以"提倡平民教育"为名，开始成立长辛店劳动补习学校，将其作为推进工人运动的固定场所。杨宝昆就是其中的学员

长辛店劳动补习学校旧址

之一。

除了教工人们通过文字表述自己的思想，学校还组织学习了各地共产党早期组织创办的宣传读物，如《劳动周刊》《劳动者》《劳动声》《共产党》等，扩宽了工人们的眼界，增强了工人们的阶级意识，激发了工人们参与经济斗争与政治斗争的热情。北京早期党组织先后吸收了史文彬、王俊、杨宝昆、康景星等工人入党，他们成为长辛店地区最早的一批工人党员。

刚刚加入党组织不久的杨宝昆，接到了党组织交给他的一个新任务：到京奉路山海关铁工厂开展工作。

杨宝昆从长辛店出发，乘火车赶往山海关。杨宝昆成为山海关历史上第一个共产党员。

由于有铁匠的手艺，再加上有个表妹夫也在铁工厂工作，杨宝昆顺利地进入铁工厂，成为一名铁匠。进厂之后他迅速了解工厂和工人们的状况，并开始有意识地接触思想进步的工人。

工厂中有些工人的手艺相对差一些，手头慢一些，时常被故意找碴儿的大、小把头克扣工钱。杨宝昆主动帮助他们，尽量不让工头们随便克扣工钱。大家对他非常感谢，渐渐地和他亲近起来，杨宝昆也结交了更多的朋友。

同一车间、同一工种的铁匠刘武，因为脾气相投，没多久就成了杨宝昆的莫逆之交。

刘武是北京人，1907年进山海关造桥厂从师学艺，当了一名铁匠。多年劳动生活的艰苦磨炼，使刘武成了一个血气方刚、身强力壮的铮铮硬汉，每当工人兄弟受到监工的欺侮时，他总是站出来替工友说话，敢与把头硬碰，得到了工友们的信赖。

通过刘武，杨宝昆知道了铁工厂里很多不为人知的真相，包括把头们的贪腐、帮派之间的斗争，还有工人们的愤怒和抱怨。

和其他逆来顺受的工人不同，刘武和把头有过几次正面的冲突，特别是曾经当面直接顶撞过大把头赵璧，也让赵璧的人毒打过。刘武对把头深恶痛绝，敢于同他们斗争。于是，杨宝昆把刘武列为重点发展的对象。

杨宝昆和刘武经常探讨工人的地位问题，为什么每天这么辛苦，却仍然食不果腹、饥寒交迫？为什么把头们可以横行霸道、奢侈享乐？是命吗？

杨宝昆说这不是命，是不公平的社会制度造成的，工人们要团结起来抗争，才有出路。

几番交流，刘武深有同感，他们关系越发密切。杨宝昆问他，是不是还有志同道合的人，刘武列出了一个名单：佟惠亭、景树庭、焦文焕、杜希林、鲁懋堂、李连生、崔玉书、任荣华、林茅新、王桂林、寇文德、徐金明、刘朋、宁潜湘……杨宝昆把这些人记了下来。

杨宝昆通过和他们的接触，了解到更多铁工厂的事情。他开始向他们介绍长辛店的经验，并把中国共产党的名字告诉了这些工人。工人们第一次知道了还有这样一个组织，它是为自己说话的。

根据长辛店的经验，创办补习班、夜校是最容易发动群众、宣传党的思想的方式，杨宝昆把这一经验带到了铁工厂。他请刘武帮忙找一间房子，作为将来办夜校的场所。

刘武上过两年学，知道教育的重要性。他积极地落实这件事，没多久就找到了一处空闲的房子。

为办好夜校，杨宝昆、刘武作了精心准备。

从找房子、找桌椅、制作黑板，到收拾屋子、布置教室等，都由刘武亲自带着一群人张罗，几乎没有用杨宝昆操心。

杨宝昆听过邓中夏的课，他很清楚，工人心中最关心的事情是什么。如果仅是学文化，那大家的积极性可能会很快消失，工人最关心的是生活、是经济收入。于是杨宝昆首先从经济讲起。

教室被两盏汽灯照得雪亮。杨宝昆抖擞精神，讲了第一堂课。

"今天的第一课，我想先从我们的收入讲起。"杨宝昆让每一个人把自己的收入都报出来，然后他把这些数字写到黑板上，边写边要大家和他一起计算。

他列完数字，问大家知不知道山海关的面粉是什么价格。大家你看我我看你，弄不清怎么回事。刘武站起来说出了面粉的价格。杨宝昆一边说着面粉的价格，一边在每个人的收入后面算出每月工资能够买到的面粉数。然后又把英国总管和职员们的收入也用面粉算出来。看到黑板上的数字，大家都很震惊。

"他们凭什么拿这么多？！"

"他们一个月就买几百袋面粉？"

"比咱们这是多多少呀？"

"他们太黑了！"

接下来，杨宝昆讲了长辛店工人声援五四运动的情况，各地工人阶级在党的领导下与帝国主义、封建把头的斗争，以及为什么资本家、封建把头能够随意奴役、剥削工人。他把革命道理一点一点地讲给大家，他讲的东西接地气，通声气，工人们一下子就听进去了。

杨宝昆越讲越好，工人们越听越爱听，到夜校听课的工人越来越多。渐渐地，刘武、佟惠亭、景树庭等人都成为组织夜校的骨干。由于来夜校的工人基本上没有上过学，所以为了提高大家的文化水平，杨宝昆一方面请外面的老师来给大家上文化课，让大家识文断字，并在这个基础上灌输党的思想，提高他们的思想觉悟，与工人们交流外面的见闻；另一方面也向他们宣传党组织的要求和进步杂志的内容。

杨宝昆利用各种机会到工人们的家里嘘寒问暖，凡是家里遇到困难的都热心帮助，特别是对贫困工人家庭，他解囊相助。受到帮助的工人们及其家里人对杨宝昆非常感激。来夜校听课的人中，有天津帮、大沽帮、唐山帮、南皮帮各帮派的工人，无形之中促进了各个帮派之间的融合，杨宝昆开始悄悄地进行帮派的分化工作。

而这时，一场战争的发生，又给杨宝昆传播党的思想的工作带来了新的契机。

劳 工 神 圣

1920年7月,在京津地区爆发了以段祺瑞为首的皖系军阀和以曹锟、吴佩孚为首的直系军阀为争夺北京政府统治权进行的战争,史称"直皖战争"。

袁世凯死后,虽然恢复了民初法统,但争夺北京政府权力的斗争却始终没有停止,当时的政府实权控制在以段祺瑞、冯国璋为首的北洋军阀手中。随着北洋系分化为冯国璋的直系与段祺瑞的皖系,针对孙中山发起的护法运动,冯国璋主张"和平统一",段祺瑞主张"武力统一",直皖两系矛盾开始公开尖锐化。

1919年12月曹锟成为直系军阀头领。1920年4月,直奉两系结成反段联盟。7月14日,直皖两军在北京东西两面的京津铁路和京汉铁路线上的涿州、高碑店、琉璃河一带开战,奉军也大军压境,作为直军的后盾。皖军在东、西两路全线溃败。7月18日,总统徐世昌颁布停战令,责成各路将领迅饬前方各守防线,停止进攻,听候命令。7月19日,段祺瑞通电辞职,直皖战争以直胜皖败落幕,直奉两系控制了北京政权。

自清朝末年起,在中国的政坛逐步形成了一个特殊的政治集团——交通系。

交通系是指民国初年,以袁世凯总统府秘书长、交通银行总理、财政部次长梁士诒为首的一批官僚组织起来的势力。这批人担任着邮传、铁路及银行等事务,互相扶持,四处安插党羽,培植起了一股势力,并在扩建铁路事业的过程中迅速壮大起来。交通系在国内以袁世凯的政治势力为庇护，在国外以英、日帝国主义为后援，掌握铁路、轮船航运、电话电报、邮政等事业的领导权，同时还控制着交通银行、金城银行、中华汇业银行、盐业银行、正丰煤矿、中兴煤矿、北票煤矿、六河沟煤矿、龙烟铁矿、戊通航业公司等大银行、大企业。交通系与北洋军文武合璧，成为北洋军阀统治的两大支柱。袁世凯死后，在段祺瑞执政时，曹汝霖、陆宗舆、章宗祥等人又结成了"新交通系"，协助段祺瑞经理借款，包办国债，进行卖国活动。

交通系自袁世凯掌握大权起羽翼不断丰满，民国成立后迅速成为一个强大的政治派别，控制着交通部门的实权，使别的政治派别很难插手交通系统事务。

交通系人员仰仗列强国，集业务专长、经济集团、政治派系于一体，拥有参与政治活动的充足资金，深得袁世凯等历任总统的赏识。交通系尤其在铁路方面的势力根深蒂固，已渗透到各条铁路线，国家铁路变为该系私产。直皖战争之后，虽然段祺瑞走了，但交通系又得到奉系军阀张作霖的帮助，开始组织内阁，交通系代表人物梁士诒任总理、叶恭绰任交通部总长。

因为分赃不均和对亲日亲奉的梁士诒内阁不满，吴佩孚联络各省直系督军，一再通电揭露梁士诒内阁媚日卖国的丑行，坚决逼迫梁士诒下台。张作霖力保梁士诒，扬言要用武力对付直系。于是在直皖大战之后，紧接着就开始了直奉大战。

1922年4月10日起，奉军改名为"镇威军"，兵分两路，开始进关。一路进至军粮城、马厂、静海，一直开到了德州附近；另一路于17日进至京汉铁路的长辛店一线。4月25日，吴佩孚与直系督军齐燮元、陈光远、萧耀南、田中玉、赵倜、冯玉祥等人联名通电，宣布张作霖的十大罪状，并以保定为大本营，准备随时应付奉军的进攻。

4月29日，张作霖到达军粮城，自任"镇威军"总司令，以孙烈臣为副司令，指挥奉军4个师、9个旅，约12万兵力，兵分东、西两路，西路奉军以张景惠为总司令，驻长辛店，所部分为3个梯队，企图围攻直军的大本营保定，并于即日向部队下达了总攻的命令。

与此同时，直军也以吴佩孚为总司令，指挥7个师、5个旅，约10万余人，兵分东、西、中三路，西路吴佩孚的第三师进驻琉璃河，中路王承斌的第二十三师驻守固安，东路张国熔的第二十六师（后来又增加了张富来的第二十四师）在大城一线布防。直军的步兵多久经战阵，而奉军则以骑兵和炮队见长。从4月29日起，直奉两军在长辛店、固安、马厂一带混战。

战事开始后，先是奉军发动了猛烈的攻势，接着吴佩孚亲自到前线督战，以一部兵力在正面实施钳制，主力在炮兵的掩护下，迂回至奉军的侧后，突然发起攻击。奉军在遭到腹背攻击后，原为冯国璋旧部的奉军第十六师，于5月4日临阵倒戈，奉军暂编一师退出丰台，造成了奉军西线溃退。

吴佩孚又采取诱敌深入战术，指挥直军且战且退，待奉军进入伏击圈后，秘密率部绕至奉军侧背，突然发起猛攻，终使西线奉军全线溃退。

在东线，交战之初奉军一度掌握了主动权。但在西线奉军溃退后，东路奉军第一梯队的旅长鲍德山不听指挥，按兵不动，总司令张作霖只好指挥部队全线退却。第二梯队司令张学良所部，战斗力较强，战前也有准备，是奉军的主力。但是，吴佩孚在西线获胜后，调其嫡系第三师、第二十六师到东线，并亲自指挥，攻击张学良的部队。张学良虽然率部反击，将其进攻打退，但因为奉军在整体上败局已定，只好指挥部队有秩序地向后撤退。

直军乘势全线出击，进攻奉军第三梯队司令部所在地马厂，歼灭奉军7000余人，迫使奉军放弃杨柳青，退守北仓。在军粮城，奉军又与乘火车来的2万余直军发生战斗，因众寡悬殊，被迫退往滦州。至此，奉军在东、西两路均告失败。

鉴于战场态势，驻滦州的英国领事出面进行调停，以奉军退回关外、直军停止追击为双方停战议和的条件。6月18日，直、奉两方代表于停在秦皇岛海面的英国克尔留号军舰上签订了停战条约：以榆关（今山海关）为两军的分界线，直军驻扎在滦州（县）以西（除酌留一部驻防榆关外），奉军则撤出榆关外，军队驻扎在绥中以东。至此，第一次直奉战争宣告结束。

直奉大战让山海关（榆关）成为直奉两军共管的真空地带，非常利于共产党渗入开展活动。而奉军战败后，奉军支持的交通系内阁随之倒台，代之而起的是直系军阀吴佩孚的御用内阁。吴佩孚为收买人心，通电发表四大政治主张，其中一项便是"保护劳工"。

吴佩孚提出这一口号，是因为他深知铁路带来的巨大利益，更清楚交通系多年深植在铁路上形成的势力，决定彻底铲除交通系残余在铁路上的影响，切实控制铁路这个经济命脉。交通系上台以后，帝国主义列强控制铁路、桥梁，封建把头强征暴敛，激起天怒人怨，工人阶层深受压迫，苦不堪言。吴佩孚提出这个口号，有明显的收买人心、换取口碑之意。

共产党人则敏锐地抓住这个时机，利用"劳工神圣"的口号，开展工人运动。

李大钊与北京政府交通部总长高恩洪相识，私交不错，此时趁机找到他，建议向每条铁路线派密查员，全面调查交通系的活动及骨干人员。

高恩洪同意李大钊的意见，于是向京汉、京奉、京绥、陇海、正太、津浦6条铁路派去密查员。由于人员由李大钊推荐，所以张昆弟、安体诚、陈为人、何孟雄、包惠僧、袁子贞等共产党员成为交通部铁路密查特使，担负起"调查"的使命。

密查员有很多特权，如可以免票乘车，并有百元以上的薪水。这些薪水除留下一些作为密查员的生活费外，其余归党组织，补充支持工人运动费用。同时密查员又是铁路现任职员最怕的人，从而得以往来各路，通行无阻。这6条铁路的密查员实际上是工人运动的特派员，主要在各路工人群众中活动，帮助工人组织俱乐部和开展工人运动。同时他们可以各路互换，保证了共产党人在铁路上的工作得以顺利开展。

直皖战争和直奉战争虽然性质都是军阀之间争权夺利的战争，但战争最后的结局为共产党人开展工人运动提供了难得的条件：李大钊借吴佩孚清理交通系之势向各铁路线派密查员，为共产党领导工人运动提供了方便；吴佩孚提出"保护劳工"，为工人成立俱乐部和工会组织提供了直接依据，促使短期内各地建立起多家工人俱乐部。

1921年10月20日，长辛店机器厂、修车厂、工务厂的工会代表召开联席会议，决定将长辛店铁路工人会改组为"京汉铁路长辛店工人俱乐部"，"以俱乐部之组织，以行工会之实"，"一俟俱乐部之基础巩固、势力扩大的时候，即易为工会"。俱乐部这种组织方式，政治色彩相对较淡，可以在一定程度上减少摩擦。该俱乐部共有会员约1800名，史文彬担任委员长。

长辛店工人俱乐部的建立，将工人运动推进到一个新的发展阶段，因为组织性明显增强，党组织在长辛店扎下了根基。随后这一形式也开始在全国各大工厂中推广。"工会"的概念开始诞生了。

工人俱乐部替工人说话，为工人办事，深受工人的欢迎。1922年4月9日，长辛店工人俱乐部召开大会，到会会员1500多人，京汉铁路沿线的郑州、彰德、信阳、江岸等14个站的代表及陇海、京奉、京绥等铁路工会代表都参加了这次会议。各地代表纷纷发表了演说。在讲演的时候，静无人语，讲演之后，掌声如雷。会议持续3个小时，盛况空前，会上决定发起组织京汉铁路总工会筹备会，确定了京汉铁路总工会的雏形。

长辛店工人俱乐部的建立，让北方各铁路开始有了工会组织的萌芽，远在山海关的杨宝昆接到组织的命令，也开始着手筹建铁工厂的工人俱乐部。

三 上 禀 帖

夜校为工人俱乐部的建立奠定了基础。随着佟惠亭、景树庭、刘武、李连生等骨干人员的思想认识不断提高,为工人做事的愿望越来越强烈。杨宝昆认为成立俱乐部的条件已经成熟,于是积极开始了筹建俱乐部的工作。

在杨宝昆的积极推动下,铁工厂向临榆县衙递交了建立工人俱乐部的禀帖,禀帖由能够识文断字的工人孙效先所写,但临榆县衙害怕工人借机集体闹事,连续两次将送交的禀帖给驳了回来。

1922年5月,京奉路密查员安体诚、陈为人来到了山海关。

这两个年轻人,都是二十出头的年龄,都有见识、有阅历,也都充满热情、血气方刚,是坚定的共产主义者。他们到达山海关后,与杨宝昆接上头,马上全身心地投入创建工人俱乐部的工作中。

杨宝昆将整个铁工厂的工作和目前遇到的困难向他们作了详细汇报,并且告诉他们,曾两次向县衙提交禀帖,都遭到了拒绝。

安体诚说:"我看看你们是怎么写的。"

杨宝昆把前两次的禀帖拿给他俩看,陈为人看完后说:"你们要跟县衙说我们的俱乐部是工人的娱乐组织,为工人提供下班后一块娱乐的场所,仅是组织工人下下棋、玩玩球,让大家一块儿乐和乐和。要淡化里面的政治色彩。"

安体诚说:"吴佩孚为了限制交通系,不是提出'保护劳工'的口号吗?我们用这个理由给临榆县衙施压,告诉他我们是按照吴大帅

'保护劳工'的口号办工人俱乐部的。他们不批准，就是阳奉阴违，不按吴大帅的要求办。"

直奉战争以后，山海关处于直奉两系共管的地位。军事上由奉系管理，行政上由直系管理，像县衙这种行政单位，是要听从直系的命令的，用吴佩孚打压他们，是最合适不过的。

安体诚亲自为工人写好禀帖，交给杨宝昆，还幽默地对大家说："这次县衙再不准，我们就只好找吴佩孚了。"

杨宝昆等人去临榆县衙送禀帖时，县长张光照有些不耐烦地说："不是和你们说过吗？你们的要求是不能答应的。这个事没有先例。"

杨宝昆说："怎么没有先例呢？现在全国很多工厂都有俱乐部呢。吴大帅不是说过要关心劳工吗？工人俱乐部的成立，就是关心劳工。我们的禀帖上已经写明了，是秉承吴大帅关心劳工的宗旨，为职工提供福利。"

张光照拿起禀帖仔细看了看，发现理由很充分，没有什么批驳的理由。他在心里隐隐觉得这不大可能是工人的手笔，可是又提不出什么。

张光照说："你放下吧，我们再研究一下。"

杨宝昆追问道："能多快给我们答复？"

"尽快吧。"

没过几天，收到了临榆县衙的答复，建立俱乐部的禀帖"照准"了。

杨宝昆、佟惠亭十分高兴，写过两次禀帖的孙效先也说："还是安先生他们厉害！"

安体诚、陈为人建议，还要派专人去长辛店学习办俱乐部的先进经验。崔玉书有文化，能说，能写，还会算账，对铁工厂的情况了解得比较透彻，杨宝昆、刘武等人都认为让他作为工人代表去学习，是最合适的。于是，工人崔玉书被派往长辛店。

崔玉书乘火车出发，赶到长辛店的时候，一个叫王俊的工人接待了他。王俊非常热情，见崔玉书车马劳顿，先是带他洗了一个澡，又领他去食堂吃了饭。

此时长辛店工人俱乐部正准备召开工人大会，负责人吴汝明对山海关铁工厂工友的到来十分重视，邀请崔玉书参加了这次盛会。

会议召开的当天，人山人海，工人们云集在台下。吴汝明上台讲了几句后，就提出请山海关铁工厂工人代表崔玉书上台讲话，介绍山海关成立工人俱乐部的经验。

崔玉书有点发慌，长这么大，也没见过这么大的场面，不知该讲什么。吴汝明硬把他拉到了台上，说："工友们，这是山海关铁工厂的工人代表崔玉书，我们欢迎他来介绍山海关成立工人俱乐部的经验！"

雷鸣般的掌声响了起来，面对着热情的工人们，崔玉书激动地说："我是代表山海关工人向你们学习来的，我们要向你们学习筹办工人俱乐部的方法！"

这是崔玉书头一次走出"家门"，他的这次远行，把远在北京的长辛店和山海关铁工厂联系了起来。长辛店工人的觉悟和团结意识让崔玉书深受教育，他带回了长辛店俱乐部的章程、宣言等文件，为山海关铁工厂工人俱乐部的建立提供了参考与借鉴。

在崔玉书赶回山海关后没多久，又一个重量级的人物来到了山海关。

他就是时任中国劳动组合书记部主任邓中夏。

工友俱乐部

邓中夏是中国早期共产党组织里的风云人物,他是湖南人,和毛泽东是同乡,1917年随父进京,考入北京大学国文门。

在李大钊的引导和十月革命的影响下,邓中夏开始研究马列主义,积极投入反帝爱国斗争,成为学校中的积极分子。1919年5月4日,邓中夏和北大同学一起,参加了五四运动,成为著名的学生领袖,也是中国最早的共产主义组织马克思学说研究会的创立人之一。

1921年初,邓中夏在长辛店创办劳动补习学校,发展了一批工人党员。

1922年7月,邓中夏来到山海关铁工厂视察指导工人运动。这让杨宝昆十分激动,邓老师到了,所有的困难都不再是问题了。他热情接待了曾给他启蒙的邓中夏,随他一起去山海关铁工厂考察。

杨宝昆详细汇报了开办夜校、发展骨干、筹建俱乐部等工作,并提出建立秘密党组织和开展进一步斗争的建议,特别汇报了党组织派密查员安体诚、陈为人帮助铁工厂建立俱乐部的成效。

邓中夏对杨宝昆的工作非常满意,对建立工人俱乐部非常关注。他指示一定要从工人的切身利益出发,给参加俱乐部的工人发一份保证书,要明确凡是参加俱乐部的人员就享受俱乐部的一切权利,比如困难工人救助、工人失业可以为其介绍工作等,俱乐部不仅让工人参加活动,还要给工人保障。

邓中夏还非常关注夜校在工人中间的作用,从长辛店开课时,就认真准备了给工人讲课的教案。他对杨宝昆说,教员一般先从"做工、劳动、劳工神圣"这些字开始教起,讲工人为什么受苦受穷,为什么受到资本家的压迫与掠夺,为什么要团结起来与军阀、官僚、资本家作斗争。

"这个学校当然只是我们党在此地工作的入手方法,借此接近群众,目的在于组织工会。"

鉴于山海关铁工厂的工人运动形势,邓中夏感到发动一场更大斗争的条件已经成熟,他告诉杨宝昆要通过俱乐部的建立和活动,积极做好工人的思想、组织准备工作和骨干人员的培养工作,准备迎接新的斗争。

"人穷不是八字不好,也不是命中注定的,而是军阀、厂主剥削工人劳动造成的。要告诉工人,要想不穷,大伙就得抱成团。五人团结是只虎,十人团结成条龙,百人团结像泰山,谁也搬不动。"

1922年的古城山海关,因为邓中夏、安体诚、陈为人等共产党人的到来,山雨欲来、曙光熹微。

8月15日,山海关南门外庆福里民巷的一间平房外面,人声鼎沸,鞭炮齐鸣,"山海关京奉铁路工友俱乐部"的牌子挂着大红花端端正正地被挂在了门上。

山海关工友俱乐部所在地山海关南关庆福里

杨宝昆、佟惠亭、景树庭、刘武、李连生、鲁懋堂等人不停地招呼着大家走进俱乐部。山海关工人俱乐部成立了！

有了这个组织，山海关铁工厂的工人，不再是散兵游勇，各自飘荡，他们有了集体，有了组织，进一步，就会有信仰，有理想，有政治主张。

看着高高挂起的"工友俱乐部"的牌子，杨宝昆知道，这一切只是一个开始，接下来，组织还会派更有能力、更有方法、政治觉悟更高的同志过来，指导他一起工作。他期待着这一时刻的早日到来。

工人们走进俱乐部，看到这里窗明几净，井井有条，有棋牌室、活动室、说书场等，心里乐开了花。他们每天在生死线上奔忙，在工地与窝棚间穿梭，从没想过下班了可以下下棋、唱唱歌、唱唱戏、看看报纸，或是学学文化，听听评书。

这里的一切对于工人来说都是新鲜的，工人们脸上挂着发自内心的笑容。

山海关京奉铁路工友俱乐部成为中国共产党领导山海关工人运动的革命阵地，它为京奉路山海关铁路工人大罢工作了组织上的准备，培养了一批从事革命活动的先进分子，他们中很多人成了中国共产党员，党的红色基因注入了钢桥的摇篮，为"红桥"的诞生奠定了坚实的基础。

而就在工人们庆祝俱乐部成立的时候，一列火车从北京呼啸着赶了过来，车上的一个神秘的人物接受了上级的指令，正向山海关进发。他将在这里掀起革命的滔天巨浪。

第二章 觉醒

茫茫夜空，繁星闪烁。

铁工厂的工人们仰望星空，期盼着黎明的曙光。王尽美以京奉路特派员的身份，为铁工厂带来了火种，革命的烈火将在这片土地上熊熊燃烧。

山桥来了个"刘先生"

1922年8月的一天,天气闷热,一列火车正呼啸着在京奉铁路上奔驰。

逼仄拥挤的车厢,混杂着各种气味,人们昏昏欲睡。在车厢临窗的一个座位上,一个青年望着窗外,他全无睡意,脑海中装满了对未来的构想。

窗外的风景一闪即逝,临行之前的场景,又涌现在他眼前。

"尽美同志,虽然你的目的地是山海关,但你的工作范围是京奉路,你的眼界不能只放在山海关。记住,你现在的身份是京奉路特派员。安体诚、陈为人同志已经先去山海关做了基础性的工作,杨宝昆同志在那里,也发展了很多的同志。山海关地区位置重要,大厂矿多,工人多,既有铁路,又有港口,既有工厂,又有矿山,为我们开展工人运动提供了得天独厚的条件。目前,山海关的反动统治力量薄弱,工人基础雄厚,对我们来说,真是得天独厚的条件。尽美同志,你这一去,是要做大事的,在京奉铁路线上,要开展一次大规模的工人运动。"

邓中夏的话在耳边响起。王尽美还记得第一次与邓中夏见面的情景:当他走进邓中夏的房间时,里面还有两个人,邓中夏和第一个人说话时说的是湖南话,两个人用湖南话交谈得很热烈。等第一个人谈完走了以后,邓中夏又用上海话和第二个人交谈。无论是湖南话,还是上海话,邓中夏都说得非常流畅,简直就是两个湖南人、两个上海人在说话。而当邓中夏与他谈话时用的却是山东话,而且是地地道道的胶东话。王尽美很惊讶,问:"邓同志,您到底是哪里人?"邓中夏说:"我是湖南佬,只不过是走的地方多了,学的语言也多了。"

这些党内的前辈和老大哥们,都是让王尽美敬佩的人,他很庆幸,在革命的道路上,遇见了这么多的同伴,他们各擅才艺,阅历丰富,又大公无私,既充满理想,激情四射,又极富人情。这让他在这条布满荆棘的路上,虽有时感到孤独,但从不寂寞,虽有时感到压力,但从未恐惧。

火车缓缓停了下来,山海关站到了。汽笛的响声把王尽美从遐想中唤醒,不知不觉中,漫长的旅程结束了。

王尽美从火车上下来,混在人群中的他,和一个返乡的学生没什么两样:一身半新不旧的蓝色长衫,一个旧行李箱,身材瘦弱,面容清秀,浓眉大眼,两只大耳朵显得很有"福"相。

可能是因为和想象中的不太一样,负责接他的人稍微犹豫了一下,看见他站在那里不往前走了,似乎在等人的样子,才走上前去,问了一句:"是胶州来的刘先生?"

王尽美点点头。

鉴于党的保密原则,这次来铁工厂,王尽美不能用真名,而是用化名刘瑞俊。

来人说:"请您和我走。"

两辆黄包车迎了上来,一前一后,王尽美上了后面的车。一路上,可以看见远处巍峨的燕山山脉、雄伟的山海关城墙,王尽美睁大眼睛,望着这片陌生的地方。

远处,可以看见天下第一关的城楼,镇东楼在艳阳下伫立,犹如一位巨人背靠群山、俯瞰渤海。王尽美的脑海中不禁浮现出那句对山海关的赞誉:"两京锁钥无双地,万里长城第一关。"

王尽美感叹古人建关筑镇的鬼斧神工,更看重这里的位置。两京,中国的都城北平,加上当年大清国建国时的都城奉天(盛京),在这条枢纽线上，有着中国最重要的铁路，如果在这里搞一次轰轰烈烈的活动，那对革命事业将有多大的帮助！

一股豪情涌上心头，王尽美不自主地在座椅上挺直了身子。

车子转到了庆福里，在一处民居处停下。前面车上的人下来，敲了敲门，一个长相敦厚、壮实的汉子打开了门，激动地问："来了？"

王尽美下了车，汉子看见他，迎了上来，伸出厚实的双手，说："我是杨宝昆！"

王尽美与他握手："我是王尽美。"

他又补充一句："听中夏同志提过你，你们辛苦了。"

杨宝昆说："不辛苦。以后对外就称你刘先生吧。"

王尽美点点头，说："好。"

杨宝昆将王尽美引入屋中，为他介绍房东："刘先生，这是李跃东，铁工厂的工人。这段时间你就暂时先住在他这里。"

李跃东说："刘先生，家里穷，环境差点，希望你能住得习惯。"

王尽美说："蛮好的，比我老家好多了。"

三言两语，拉近了大家的距离，杨宝昆问王尽美："坐了几个小时的火车，你是先休息一下，还是先听我汇报？"

王尽美说："休息有的是时间，我很想听你介绍一下这里的情况，但我更想见见其他弟兄们。"

杨宝昆说："他们都等着你呢，随时可以见。"

王尽美说："那就尽快。"

杨宝昆说："好，我先陪你吃饭，饭后我们就去见他们。"

"正好，我们边吃边谈，你先介绍一下这里的情况，饭后咱们就去见他们。"

"我让他们晚上收工后，在俱乐部集合等咱们。"

"太好了，我正想去看看你们的俱乐部。"

第一次会面

当天晚上,在夜校,化名刘瑞俊的王尽美与杨宝昆、刘武等铁工厂的骨干工人聚到了一起。

在铁工厂的骨干工人里,除了杨宝昆、刘武以外,觉悟比较高、心向革命的还有佟惠亭、崔玉书、景树庭、杜希林、鲁懋堂等人,这其中,佟惠亭和景树庭比较有威望,但也只有20多岁,鲁懋堂是一个热情的青年,还不到20岁。

一群年轻人看见王尽美进来的时候,还是有些许吃惊的,因为他们眼前的这位特派员,确实太年轻,也太瘦弱了,甚至看起来比他们还年轻。

杨宝昆热情地向大家介绍:"这位就是刘先生。"大家立即热烈地鼓掌欢迎。

王尽美拱手道:"大家不用客气,我的年龄可能和诸位差不多,比宝昆还小得多,先生两个字不敢当,叫我刘瑞俊就行。"

杨宝昆说:"咱们别看刘先生人年轻,但是他的资历却很了得,见过大世面哩。"

王尽美说:"宝昆兄过誉了。只要有为千千万万劳工服务的一颗心,我们就是一家人,就是兄弟。我听宝昆兄说起大家的事情,特别高兴,今天能够在工人俱乐部里和大家相会,是我的荣幸。"

杨宝昆将在场的工人骨干一一向王尽美作了介绍。

王尽美问杨宝昆:"宝昆兄,铁工厂目前工人最集中的问题是什么?"

杨宝昆说:"当然是把头们的剥削了。在铁工厂,有个叫赵壁的大把头,是英国头子的忠实走狗。他为虎作伥,狗仗人势,欺压工人最狠,民愤极大。在铁工厂上班的人,没有几个人没挨过他欺负的。他的心,比狼狗还狠。我们都叫他赵狗!"

提起赵壁的事情,就像擦着了火引子,把大家心中的怒火都燃了起来。

赵壁在山海关铁工厂的名头很大,甚至在整个山海关地区也是无人不知无人不晓。作为铁工厂最大帮派——天津帮的大把头,他对待工人极其苛刻狠毒,如果工人得罪了他,一定会吃不了兜着走。

赵壁是天津帮的头儿,所以他要求进厂的工人必须是天津人,而且必须给他送礼。有个青年钳工叫王华山,是大沽人,趁着赵壁随英国总管去沪杭铁路时进的铁工厂,没给赵壁送礼。赵壁知道后,每次开支都要故意找碴儿扣他1元钱(每月工钱应是9.6元)。王华山手艺好,脾气倔,就是不给他送礼。赵壁就天天盯着王华山,只要是王华山干的活儿就这也不行,那也不行,王华山没少挨赵壁及手下人欺负。

有一次让王华山去做一个新水泵的活儿,这本来是非常难的活儿,但王华山技术好,头脑灵活,琢磨琢磨就做出来了。赵壁看完说了一句"行啦"把手里的棍子一扔,走了。王华山是丈二和尚摸不着头脑,后来别人悄悄告诉他:是他的活儿干得太快了!

刘武有一次因为工作中得罪了赵壁,被赵壁手下的人挟持,大热天光着脚在晒得烫脚的铁板上整整站了一个中午。赵壁对工人们的态度极为恶劣,张口就骂,举手就打。

厂里有多少工匠、多少帮工、多少徒工和杂工都在赵壁的账本上,路局根本不关心工人如何,只按赵壁提供的表册发放工资,赵壁在其中大做文章。赵壁盘剥工人的招数很多,比如在发牌子上做手脚,按当时的规定，工人上班进厂门时要拿牌子，而赵壁是先派工作后给牌子，让工人做工匠的活儿却给长工的牌子，做长工的活儿给杂工的牌子，总之就是工人所拿工资要比做的活儿低一等，扣下的钱就进入他的腰包。

他还有一招：吃空饷。他随便开除工人，但是并不上报，那份工资便也进入他的腰包。每年年底厂方会给工人"花红钱"（就是双薪），所以每年一过10月，赵壁就使劲开除工人，一方面可以吃空饷，另一方面还多得"花红钱"。

另外，在工人有病歇假时，他不但不给医治，不给工资，歇一天假还要多扣一天的工资，也就是歇一天，要扣两天的钱。

山海关人人尽知赵壁对搜罗钱财可谓绞尽脑汁，瞒上骗下，胆大包天，极尽欺诈、搜刮之能事，劣迹斑斑。可谁也动不了他，因为他和英国总管关系密切，对英国总管言听计从，是其忠实的走狗。除了英国总管，他还有一个幕后支持者，就是副厂长、总工程师陈宏经。陈宏经在厂子里也是一号人物，和赵壁勾结在一起，是厂子里的实权派，有的时候英国总管也得听他们的。

王尽美把工人们反映的情况记在心里。

王尽美说："大家今天说得都很好，大家不用担心，过去我们不敢和赵壁斗，是因为势单力薄，胳膊拧不过人家的大腿，但现在不一样了。俱乐部除了给工人兄弟们提供娱乐的场所之外，还要让他们学文化，让他们了解现在社会上发生的事情，让他们知道自己为什么受苦，为什么受把头欺负，为什么长年累月辛苦地干活儿，还是吃不饱、穿不暖。只要他们想明白了这些事，就能团结更多的人，到时候，不要说一个赵壁，就是再多几个赵壁，也别想再欺负我们。"

王尽美给大家讲长辛店工人俱乐部的情况，讲长辛店工人的斗争，也讲了自己在山东开展工人运动的一些经验。

听完王尽美讲的这些事，佟惠亭激动地说："先生你说得对，我们早就受够了洋人和把头的气了，就是没人领着我们干。您来了，咱们得好好干一次了！"

大家齐声附和，纷纷表示要学长辛店俱乐部，和封建把头们斗争。

王尽美叮嘱大家："由于目前很多工人的想法还不一致，需要我们开展大量细致的思想工作，所以不要轻举妄动，特别是不要在工人俱乐部刚刚成立，尚未立稳脚跟之际，就和赵璧交火。现在一定要团结更多的工友，争取的人越多，事情就越可能成功。"

对于这一点，杨宝昆心里是很清楚的。天津帮、大沽帮、南皮帮、唐山帮四大帮派，互相对立，工友们之间因为地域关系有所隔阂，虽然在他的发动下，有过来听课的，但并没能消除地域隔阂，团结在一起。把头们就是利用这个拉帮结派，破坏工友的团结。所以要团结工友，打破帮派界限，是比较关键的。

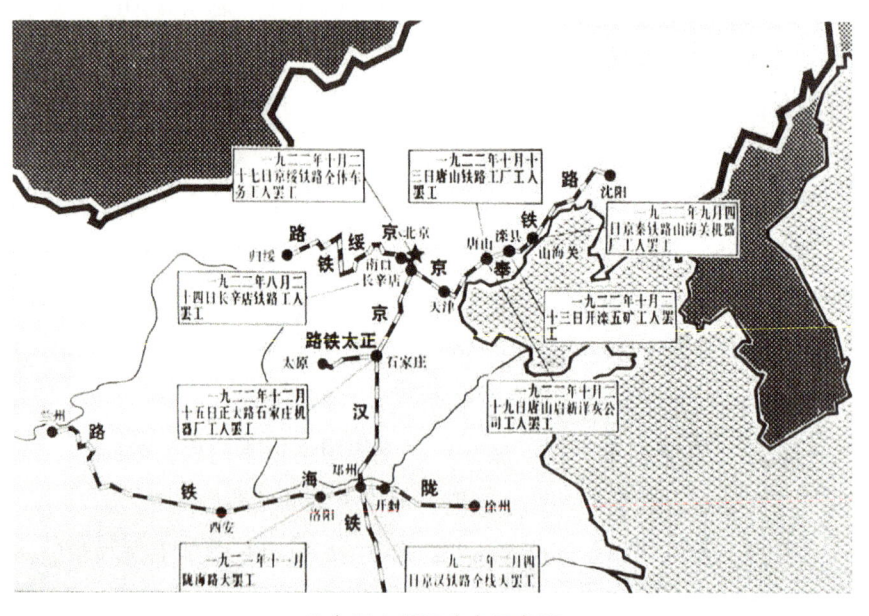

北方工人罢工分布示意图

王尽美说:"工友俱乐部就是一个桥梁,我相信只要我们和工人弟兄们站在一起,替他们说话,替他们争权益,化解四大帮不是难事。"

不知不觉,谈话已至深夜。经过这次的会面,王尽美深刻了解了铁工厂工人们的思想,杨宝昆等工人骨干也明确了下一步的方向:发挥工友俱乐部作用,团结更多的工人,斗倒赵壁。

斗倒赵壁,需要策略和方法。王尽美要求杨宝昆等人,在发动大家起来反抗的同时,搜集所有对赵壁不利的证据,选出工人代表,直接给京奉铁路总局发诉状,控告赵壁。

轰轰烈烈的北方联合罢工行动,就在南关庆福里的这栋民居里,揭开了序幕。随着王尽美的到来,山海关铁工厂作为罢工的先锋,即将打响罢工的第一枪。

俱乐部里的明星

与工人会面之后，王尽美把杨宝昆、佟惠亭、景树庭、刘武等几个骨干召集到李跃东家中，一起商量如何办好俱乐部。

根据王尽美的观察，俱乐部虽然成立了，但形式比较单一，主要是唱唱戏、下下棋、打打牌什么的。为了进一步开展工作，还要增加一些新的内容，比如让工厂的技术人员给大家讲讲技术，以便吸引更多的人来俱乐部，厂方也不会反对，因为培养工人学技术可以更好地给工厂干活儿。而俱乐部，可以以讲技术为名，传播马克思主义思想，发展更多的同志。

佟惠亭提议，工人们有来自天津的、唐山的，有的人很喜欢家乡的戏曲，在这方面也可以搞点活动。王尽美觉得这个提议非常好，有利于促进团结。

刘武说："这唱戏的功夫，咱可没有啊？难不成还要找戏班人的来？"

王尽美笑了一下，说："这个交给我吧。"

工人们不知道，王尽美除了文章写得好，吹拉弹唱也是样样精通的。王尽美从小就在村子里的戏班子唱角，还是个"小班主"，长大以后，凭着对音乐的爱好，又学习了很多民族及西洋乐器的演奏，不但能拉二胡、吹唢呐，还能弹钢琴。王尽美自己都没有想到，自己的文艺天赋会在革命的道路上派上用场。

王尽美又提出：要想吸引更多的工人来俱乐部，就一定要帮助困难的工人，工人家里有什么事一定要去看，让工人感受到加入俱乐部就是不一样，让大家感受到温暖。

王尽美说："宝昆，刘武，你们都是北京过来的，和各帮派之间的矛盾不大，这些事就由你们来落实了。一定要多交朋友，人越多力量越大。"

按照王尽美的部署，杨宝昆找到了工厂里的技术员徐英申。

徐英申因为长得牛高马大，又黑又壮，所以有人叫他徐胖子。别看他外表粗犷，可是个技术"大拿"。杨宝昆说明来意，想请他去俱乐部当老师。

徐英申一笑："你太抬举我了，咱哪儿有那水平？"

杨宝昆诚挚地说："大家都盼着你去，俱乐部里都是武将，需要个文官啊！"

在三番五次的劝说下，徐英申终于同意去俱乐部讲课，就讲机械制图。

刘武马上去邀人："哥儿几个，听课去啊？"

"听啥，字都不认识几个，讲啥都听不明白。"

"不讲认字的事儿，是讲干活儿的事。有人免费教咱，不去的是傻子！"

想学技术的工人挺高兴，因为制图是挺实用的一门技术。徐英申看着一批批来听课的工人，也挺有成就感。他每天备好课，认真地给大家讲。

听课的人越来越多，王尽美混在人群中，十分高兴。县衙的人闻讯赶来，看为啥聚集了这么多人，杨宝昆一句话搪塞过去："师傅带徒弟呢，不学不行啊。"

没多久，刘武又找到了唐山帮的人。

"你们几个爱唱戏的，上俱乐部耍耍去！"

"不去，俱乐部有啥？有戏台子咋的？"

"我们请了个琴师，啥都会弹，京戏行，老呋影（唐山皮影戏）也没问题。"

"真的假的？"

唐山帮的人不信，去俱乐部一看，王尽美正坐那儿调胡琴呢。

懂行的人一听音就知道，这是个行家，于是兴致上来了，上去唱了一段。王尽美拉着琴为他们伴奏，配合特别好，底下一片掌声。

唐山帮的人服了，问："这琴师是哪来的，可以啊！"

刘武说："这是刘先生，郑州来的，在咱厂里想谋个事做呢。"又问他们，"明天还来不？"

"来啊。接着唱。"

第二天，唐山帮再来的时候，发现南皮、大沽的人也在，唐山帮想撤，被王尽美拦住了："老哥，唱得好好的，怎么又走了？"

"不和他们这些人整一块，我们不是一个灶里的。"

"老哥，咱穷哥们儿都是一家人，许你唱，就不许人家唱了？再说了，谁唱得好还不一定呢，你走了，就认怂了。"

"不可能的事儿，我怕他们？！"

一把小小的胡琴，就这样把几个帮派的人都留在了俱乐部。唐山帮的人唱老呋影，南皮的人唱南皮的皮影，还有人唱京剧，一到晚上，特别热闹，把外面看热闹的人都招了进来。

大家看王尽美伴奏得这么好，就起哄："刘先生是不是也来一段。"

王尽美也不推脱："那我就献丑了。"

王尽美唱得字正腔圆，铿锵有力，有板有眼，一曲下来，把大家都听呆了。

"刘先生，您是真人不露相。这是臊我们来了，再来一段行不？"

……

白天王尽美和工人们一起劳动，晚上在俱乐部和大家一起活动。自从王尽美来后，大家明显感到俱乐部不一样了。越来越多的人被亲切的、才华横溢的"刘先生"吸引过来，俱乐部的人气越来越旺。赵壁闻讯，派手下去打探。手下回来说，就是一帮人天天晚上在那儿唱戏，穷乐和儿。

　　赵壁鄙夷地说："一帮穷鬼，还挺能找乐儿，甭理他们了。"

　　王尽美开始住在李跃东家，后来又在鲁懋堂家里住了一段时间。鲁懋堂是天津帮的人员之一，但因为一直饱受监工和把头的欺压和凌辱，所以对赵壁等人没有好感。1921年底，刚满15岁的鲁懋堂结识了来工厂开展革命工作的共产党员杨宝昆，并在其教育和影响下很快提高了觉悟，成为工人中间的一名积极分子，也成为杨宝昆的得力助手。

　　鲁懋堂对王尽美特别钦佩，王尽美也非常喜欢这个机灵的小伙子，两人越来越熟悉，王尽美还送给鲁懋堂一件让他难忘的礼物。

　　有一天王尽美说："小老弟，在你这儿住了这么长时间，打扰你了。我送你一件小礼物吧。"

　　"这是怎么说的，您来了我求之不得呢，哪谈得上打扰，更不能要东西。"

　　"没问题的，不是啥贵重东西，这个可以要。"

　　王尽美送给鲁懋堂的是一幅国画，有山，有海，有树木，还有长城。

　　王尽美问他："你能猜出这是哪里吗？"

　　鲁懋堂略一思索，说："山海关呗。"

　　王尽美说："对了，这就是山海关。这幅画是我画的，来山海关好长时间了，我试着画一下这个地方。你看看能入眼吗？"

　　鲁懋堂心悦诚服地说："刘先生，你太有本事了，画画你也行啊？"

　　王尽美的这幅画成了鲁懋堂最珍贵的收藏。

　　"刘先生"会画画，这事被鲁懋堂传出去之后，有工人找了过来，求"刘先生"也给他画一张。

王尽美笑着说:"山海关不能总画,那一幅已经给了懋堂,我可以给你画一张人物速写。"

"什么叫速写?"

"就是你的人物肖像。"

"这个,啥意思?我还是没懂。"

"画出来你就知道了。"说完,王尽美就看着他的模样,画了起来。

这个工友拿着自己的画像到处炫耀:"你们看,刘先生给我画的,像不像?"

很多人都来找王尽美,也想画一张,王尽美有求必应。

渐渐地,无所不能的"刘先生"成了俱乐部里的"明星",越来越多的人来俱乐部找他,听戏,画画,闲聊。

杨宝昆觉得时机成熟了,于是,在一天晚上通知大家,今天不唱戏,不画画,也不打牌了,听刘先生给大家讲评书,讲故事。

大家挺惊讶:"刘先生还能讲评书吗?"

鲁懋堂说:"你们还觉得有啥是他不会的吗?"

于是,王尽美开始利用晚上的时间给大家讲故事。

最初是讲故事,《三国演义》《水浒》《聊斋志异》,讲的是英雄好汉,才子佳人,到后来就说社会,说现实,说身边的人和事。

"我们工人为什么这么穷,是我们天生命贱吗?不是,是因为我们受到洋人和封建把头的剥削。

"今天给大家讲讲什么叫剥削,把这两个字研究明白了,你就会明白,为什么我们天天这么努力工作,没白没黑的,还过不上好日子……

"工人有没有活路?有。在离我们很远的地方,那里的工人们就翻身了,就解放了,就活得非常好。为什么?因为有一个人带着他们起来闹革命了,这个人就和水浒里的梁山好汉,三国里的刘关张一样,是个大英雄，大英雄带着所有的无产者起来，推翻了一个最腐败、最坏的政府。这个地方叫苏维埃，这个大英雄叫列宁，下面我给大家讲讲他们的故事……"

潜移默化中，王尽美将共产主义思想传递了出去，越来越多的人被他打动，被他吸引，特别是他所讲的苏维埃俄国十月革命和工人当家作主的事情，让大家听得解气过瘾，茅塞顿开。

王尽美将一些党组织发行的小册子，发到大家手中，讲述起共产党领导各地工人运动的情况。当听说在国内也有很多工人为争取自己的权利而斗争的时候，很多工人脸上露出了惊奇的表情。他们既羡慕、钦佩又很向往。工人们渐渐地感受到，在俱乐部里不仅能够和大家一起娱乐、学习，还能了解外面的世界，懂得许多道理。

久旱逢甘霖，大家开始一点点觉醒了！王尽美欣喜地看着这些变化。

化 解 帮 派

工人俱乐部的成立，让过去散漫、各自为伍的工人逐渐有了一个去处，也开始互相熟悉起来。

但四大帮的人仍有隔阂，他们之间的隔阂不是来自个人的恩怨，而是源于把头的挑唆，完全是人为的。

把头们各自把同乡聚在一起，可是他们对待帮中的自己人，却未必多有情义。

王尽美了解到一个情况：有一个天津的工人，家里有人患病，因家里没钱只好去找工友借，但是找了很多人也没借够，最后找帮主赵壁去借。没想到，赵壁连门都不让进。这个工人只能眼睁睁地看着生病的家人忍受痛苦折磨。

王尽美对杨宝昆说："像这种情况俱乐部就得上了，发动大家给他捐款，如果还不够的话，我来想办法，向上级组织反映情况。"

有福同享，有难就帮。工友俱乐部的威信越来越高。

王尽美很清楚，在四大帮里，天津帮的人最多，而天津帮的头子就是民愤最大的赵壁。如果能说服更多天津帮的人加入俱乐部，对斗倒赵壁是有利的。

一天，王尽美把杨宝昆叫来，说：

"宝昆兄，时机差不多了，把四大帮派的骨干们都约来吧！"

这天晚上，在杨宝昆、鲁懋堂的发动下，四大帮派的骨干人物都来到了工友俱乐部。

看人都齐了，王尽美走上讲台，对大家拱拱手，说："今天咱们不说别的了，说说你们各自的情况。大家来自五湖四海，在家靠亲戚，出门靠朋友。你们都有各自的帮主照顾着，我想问一下，大家觉得他们照顾得怎么样？"

工人们不太明白他想说什么，都没吱声。

王尽美进一步问道："大家不说话，就说明对他们不是很满意吧？这样吧，今天天津的兄弟多，我们让天津的兄弟们说说，赵壁大把头是怎么照顾自己人的？"

俱乐部的骨干佟惠亭是天津人，他第一个走上台来控诉赵壁。

佟惠亭控诉完之后，鲁懋堂、高四也都上来说。大家的话匣子一下都打开了。

王尽美说："赵壁是天津人，可他仍然压迫天津人。咱们俱乐部的佟惠亭是天津人，他也和其他人一道反赵壁，反赵壁的这些人里，有天津人，也有唐山人、南皮人，在这个事上，不应该分帮派，不但一个厂的工人不应该分帮派，就是秦皇岛、唐山、长辛店的工人也应该团结起来，才有力量。我们不团结，就得受他们的压迫，让他们剥削。"

他进一步启发大家："我上回讲了剥削这个词。我问大家一下，你们说资本家对哪个帮剥削，又对哪个帮不剥削？"

工人们说："哪个帮都剥削！"

王尽美又问："那我们反对哪个资本家？"

工人们说："资本家都是一个味儿，都要反！"

王尽美说："那天津帮的赵壁，你们唐山帮的反不反？或是唐山帮的把头，你们天津帮的反不反？"

"反，都得反，他们全是吃人肉不吐渣的，没有好人！"

"这就对了。天下的劳苦大众都一样，都是受资本家、把头压迫的无产阶级，只有整个阶级团结起来，才能战胜他们。"

王尽美举了大量的例子，说明过去工人之所以屡遭欺压，就是因为不能消除帮派间的成见和分歧，没有团结在一起，齐心合力同剥削自己的资本家、封建把头斗。

"大家要明白一个道理，社会财富是谁创造的？是我们工人创造的。资本家没动过手，没出过力，你们的那些帮主也没做过什么，可他们拿得最多。咱们是社会财富的创造者，但咱们一直是穷人，为什么？难道我们的穷不是他们造成的吗？难道我们需要这样的所谓的'帮'吗？咱们应当掌握自己的命运，拥有自己的权利，不能由资本家任意宰割。咱们工人受苦受累受穷不是命里注定的，而是资本家剥削压迫的结果！"

王尽美从长辛店说起，又说到不久前的香港海员大罢工和湖南第一纱厂工人大罢工。大家听到原来全国竟然有这么多人起来反抗时，心里都觉得很震撼。

随着王尽美的深入讲解，各大帮的骨干纷纷揭批自己所在帮派中的各个把头的罪行。

王尽美说："兄弟们，真正替我们穷哥们儿说话的，是咱工友俱乐部。将来咱们工友俱乐部要选出代表、委员、主任，这些才是真正代表我们的人，而不是那些帮主、大哥！"

春风化雨、润物无声，工人们纷纷加入了工友俱乐部，成为会员。

天津帮的青年工人楚明年对王尽美十分崇拜，说："咱工人应该听刘先生的，抱成一个团儿，消除帮派之分，赵壁帮不了咱们！"

王尽美趁热打铁，提出了要选举工人代表的想法，大家表示支持。过去封建把头都是英国人任命的，现在由工人自己选出来的代表，一定会比把头们好。

选出代表我们的人

王尽美决定以俱乐部建设为载体，立即组织工人选举，既能让工人们行使当家作主的权利，又能选出骨干人物，更好地开展下一步的工作。

工人俱乐部公开选举之前，先召开了一个秘密的筹备会，地点是在太平胡同 11 号，参加的人有杨宝昆、赵春生、佟惠亭、王连贵等，商讨工人俱乐部的组织方法。王尽美亲自修改了俱乐部章程，章程特别规定只有本厂并且已经入会的工人才有资格担任俱乐部的管理者。

选举当天，工人们来到俱乐部，如同过节一般热闹。不少人心中存有疑虑，见面时问得最多的话就是：

"真的让咱们自己推选人？"

"咱们想选谁就选谁？"

"咱们自己选的真算数？"

"咱怎么知道是咱们选的？"

"真的没有把头们的事？"

……

工人们就这样既兴奋，又疑惑地走进俱乐部，参加人生的第一次选举。

选举会议由佟惠亭主持。为防止有人捣乱，刘武带人负责会场的保卫工作，他们每个人腰里别着一个锤子。

佟惠亭首先宣读了俱乐部章程，特别强调只能选举本厂已经入会的工人，厂内的大小把头一律不准入会，所以他们没有资格选举和被选举。

佟惠亭让人把票箱打开，让大家看里面是空的，然后推举出监票人、计票人等。待大家通过后，开始发放选票。

工人们非常认真地填写着选票，然后郑重地把选票投进票箱。

当选票统计完毕，宣布选举结果时，大家一起鼓掌。

有人兴奋地喊："真是我选的！"

"这就是我选的！"

这是铁工厂有史以来第一次选举。

根据大家选举的结果，俱乐部委员共17名：山海关工友俱乐部委员长佟惠亭，副委员长景树庭，交际委员杨宝昆、焦文焕，会计鲁懋堂，庶务杜希林，总干事刘武、李连生、任荣华、宁潜湘等。

王尽美还建立了整个俱乐部的组织管理体系，在各分厂（山海关铁工厂分里厂、外厂）组织"十人团"，即每10个人为一个小组，每10个小组设一个大组，每个组设1名干事负责本组事务。同时，俱乐部建立纠察总队，各分厂建立纠察分队，负责保卫工作，并对违反俱乐部决议的人员进行批评教育。各组干事既要负责本组工作，包括俱乐部日常工作、人员动员组织等，还要监督俱乐部决议的落实情况。

按照中国劳动组合书记部的要求，在俱乐部内部又建立了秘密工会，由5人组成。佟惠亭任工会委员长，委员有杨宝昆、鲁懋堂、杜希林、李跃东。

工会的决策程序是：先召开工会委员会，再召开俱乐部委员会，然后传达到各组。有大的活动，通过传单等形式将时间、地点、口号、要求等传到各组。

工友俱乐部的领导组织选举完成后，内部分工更加明确，在俱乐部公开会议上主持讲话的是工人选举出的委员长佟惠亭，其他委员负责本职内的工作，各分会及时把需要俱乐部核办的工作报到俱乐部。整个组织领导工作更加完整顺畅，各项活动有条不紊。以前没有参加俱乐部的工人纷纷要求加入，大家的热情进一步高涨。

参加工友俱乐部的，除山海关铁工厂的工人外，还有山海关铁路其他单位的职工，如车头房孙效先等。

山海关铁路工友俱乐部的建立，标志着山海关地区铁路工人在党的领导下已经组织建立了具有真正意义的工会组织，成为秦皇岛地区第一个工会组织。

有了会员，有了组织，王尽美如鱼得水，充分利用俱乐部开展活动。为了工作方便，他时常住在俱乐部，写了很多揭露殖民统治和封建把头欺压工人的文章，把工友俱乐部的活动及时传达给外界，加强了与全国工人运动的联系互动。

有一天，王尽美把几位骨干找来，布置了下一个工作：学唱歌。

大家有几分不解，不明白怎么学唱歌也成了一项工作。

王尽美说："艺术，要是利用好了，也是一件杀向敌人的利器。"

面对几个对音乐一窍不通的工人，王尽美讲起一段往事。

王尽美很小的时候，父亲就离世了，使本来穷困的家庭雪上加霜。为了学习，他给地主的孩子当伴读，干杂活，还要代犯了错误的地主孩子受惩罚，受了很多屈辱；对于无数次的寂寞和痛苦，王尽美都选择了沉默与忍耐，把所有的苦都咽了下去，不对家人说，也不向其他人叫屈。

就是在这种情况下，他走近了音乐，音乐成了他排遣痛苦的最好的方式。

他喜欢乐器，也喜欢唱戏，在家务农时，便在村里的戏班子里拉二胡、吹唢呐、吹笛子、演京戏。

到济南后，他不仅成绩优秀，还投入了绘画、书法、乐器演奏的学习中，成了学校的艺术骨干，在雅乐组吹笛子、唢呐。

如果不是因为五四运动的爆发，也许他的人生就这样走下去了。1919年，当巴黎和会把德国在山东的利益转给日本时，饱受切肤之痛的山东各界人士率先行动起来，开展力争主权的斗争。五四运动爆发后，王尽美迅速投入轰轰烈烈的爱国运动中，积极联系济南各校学生，起草宣言，组织开展演讲宣传、游行示威、请愿、创办刊物、罢工、罢市、罢课、抵制日货等活动。

当时大家为了抗议北洋政府的卖国行径，都去县城的财神庙游行，所有学校的学生们都去了，工人、农民后来也加入了。他们挂起了"反日救国大会"的旗子，却缺一首会歌，王尽美就根据中国古典音乐《长江歌》的曲调创作了《保护我山东》的歌词，并亲自教群众演唱：

看看看，滔天大祸，飞来到身边。
日本强盗似狼贪，硬立民政官，此耻不能甘。
山东又要似朝鲜，嗟我祖国，攘我主权，破我好河山。
听听听，山东父老，同胞愤怒声。
送我代表赴北京，质问大总统！
反对卖国廿一条，保护我山东。
堂堂中华，炎黄裔胄，主权最神圣。

当时，上千人一边高唱这首歌，一边去冲击县衙，这个场景，后来还经常出现在王尽美的梦中。从那时候起他就知道，他不会成为一个音乐家了，他的一生注定是为劳苦大众而活的。

这首歌在山东高校学生中间传唱一时，成为学生游行、示威的进行曲，一时在山东省各地传唱，听说后来还传到了北京。

1921年9月，王尽美与邓恩铭在济南建立了"济南马克思学说研究会"，这是中共山东组织直接领导下的公开的学术团体，研究会明确提出入会者必须有会员介绍，思想信仰必须一致，还大量吸收优秀工人参加。为了让工人们更了解这个组织并且加入这个组织，王尽美时常到人声嘈杂的闹市或景色宜人的大明湖演讲，多次深入工厂和工人交流。这个时候，他又用上了自己的音乐特长，把山东人熟悉的《苏武牧羊》，改成了写给工人的歌谣：

  工人白劳动，厂主吸血虫。
  工人无政权，世道太不公。
  工人站起来，革命打先锋。

还是这个曲子，他又写了一个给学生的版本：

  反帝反封建，五四大运动。
  打烂旧社会，民族才振兴。
  同学快觉悟，革命学列宁。

"这些歌曲传唱的地方都挺远的，在我们山东的烟台、淄博、青州、潍县、寿光、广饶等地，很多人会唱这些歌曲。以后让大家别老唱戏曲，工人们，得有属于自己的歌！"

王尽美说完这些，杨宝昆等人也都明白了。

没过多久，这样的歌曲开始在铁工厂工人中间传唱了起来："工人白劳动，厂主吸血虫。工人无政权，世道太不公。工人站起来，革命打先锋。"

利用劳动组合书记部北方分部副主任的身份，王尽美主动同京奉、京汉、津浦等路的六七十个地方工会组织进行联系，交流情况，也把在铁工厂建立健全工友俱乐部的模式积极推广开来。王尽美的影响也开始扩大到整个京奉铁路沿线。

同年10月，秦皇岛港码头工人也要求组织工人俱乐部，王尽美根据山海关工人俱乐部的经验,前往秦皇岛港,成立了秦皇岛矿务局工友俱乐部(含码头),由廖鸿翔任委员长,孟学成任副委员长。同时,在秦皇岛的工人中普遍组织了"十人团",10个人中有1名干事负责本团事务。"十人团"后来也成为其俱乐部的基层一线组织。

山海关、秦皇岛两地俱乐部的先后建立,为开展京奉铁路工人运动,以及日后举行大罢工,提供了组织保证和思想准备。

万事俱备,只欠东风,铁工厂工友俱乐部接下来要做的一件大事,就是驱逐赵璧。

第三章
较 量

　　山海关铁工厂革命的火种已经被点燃,摆脱受剥削受压迫现状的呼声越来越强,工人的革命情绪日益高涨,宣传教育工作的成效凸显,先进人物迅速成长,建立党组织的条件已经成熟。王尽美在山海关铁工厂建立了秦皇岛地区第一个党组织,把红色的基因融进了饱经沧桑的"钢桥的摇篮",山海关铁工厂开始了走向"红桥"之路。

十五个人一条心

王尽美让大家注意搜集赵壁贪污腐化的证据。对这一指示,铁工厂的崔玉书一直牢记在心,与赵壁有关的事情他都留着心。终于有一天,赵壁的狐狸尾巴露了出来。

铁路局的人来调查铁工厂的经营情况,崔玉书去抄写报送路局的工人名册。当拿到工人名册时,崔玉书发现有一些已经离厂多年的工人还在名册上,还有些在厂的工人实际每月拿12元钱的工资,上报的却是21元。

崔玉书看到这些,故意指着那些已经不在厂里的人的名字,问管账先生:"这些人还报吗?"

管账先生不耐烦地说:"只要名册上有的就要写,上面怎么写的你就怎么写。"

崔玉书答应着,心想,这下赵壁的罪行做实了。他抄好后悄悄留下来一份底稿,回到俱乐部交给王尽美。

王尽美见到这东西,说:"这是一个太好的证据了。"证据在手,就不愁控告赵壁了,大家商量后决定向京奉铁路局揭发赵壁欺压工人和损公肥私吃空饷的行为。

王尽美亲自动手写好状告赵壁的禀帖,在禀帖中把赵壁营私舞弊、欺压工人等行为一一列举出来,然后说:"禀帖有了,需要大家的签名,越多越好,这样才更有力度。"

在这份禀帖上签名意味着什么,大家很清楚,只要写上了名字,等待着他们的，可能是胜利，也可能是被开除出厂，或被赵壁及手下党羽打击报复。

气氛一时有些凝重，杨宝昆说："我来吧！我先签！"

接着是佟惠亭："我签！"

景树庭："我签！"

崔玉书："这事我发现的，我必须签！"

一共15个人站了出来，他们都表示，自己要签。

王尽美说："别急，我们是要签，但要有技巧。"

为了保护大家，王尽美提议，先用饭碗画一个圆，然后大家围着圆圈签名，目的是让他们找不到哪个是头儿。

围着这个圆圈，15个人签下了他们的名字。

望着15个大义凛然的面孔，王尽美难掩心中的激动。

禀帖写好了，谁去送呢？

这些人中间，佟惠亭和景树庭是领导者，由他们代表俱乐部去送禀帖，是最合适的。

王尽美握紧他俩的手："佟兄，景兄，明天动身去天津，预祝一路顺利！"

杨宝昆等人和他们拥抱作别："旗开得胜，多保重！"

佟惠亭说："你们放心！"

第二天，佟惠亭二人拿着禀帖踏上了开往天津的火车，赶往京奉铁路局。

剑指陈宏经

在京奉铁路线上,吴佩孚所领导的直系与交通系正斗得不可开交。京奉铁路事关国家命脉,双方都想将其抓在手中。吴佩孚受英帝国主义支持,非常害怕在这条铁路线上出什么事端,影响自己的势力和英国人对自己的信任,所以早就给下面的各部门下好命令,一定维持稳定,不能出现停工停产事件,影响京奉铁路运营。

佟惠亭、景树庭将有工人代表签字的禀帖送到了京奉铁路局,面对确凿的证据,铁路局的办事人员不敢怠慢,表示一定要查明核实,派了一个姓丁的调查人员,去铁工厂调查。

在接待工人代表的同时,路局的电话打到了总管博曼的办公室,博曼急忙将陈宏经、赵壁找了过来。

陈宏经和赵壁多年来一直有所勾结,也有私下的利益关系。面对博曼的质疑,陈宏经说:

"路局是怕工人闹事,我们一定要平息路局这边的调查。赵先生的地位举足轻重,不能轻易就让闹事的工人得逞,路局那边只是要一个说法,我们把说法给他就行了。"

按照陈宏经的想法,路局的人如果来了,厂方表面上对赵壁作出处罚,搪塞过去即可,而在厂内,赵壁的地位仍然保留。

博曼也想不出更好的办法。在铁工厂待了几年,他当然知道赵壁等人的猫腻儿,对此他一直睁一只眼闭一只眼的原因,是怕如果处理不好,影响生产的进度。毕竟,铁工厂的正常运营还需要把头们的配合。

在他来之前，上任总管霍华德就是因为经营不善给调走的。

"陈，赵，两位先生，你们中国人的事情我搞不明白，但铁工厂的生产是不能停的，这一点我希望你们考虑清楚！如果在这方面出了问题，我就拿你们是问。"

陈宏经和赵壁连连点头称是。从博曼的办公室一出来，两人立刻沉下脸来。陈宏经的意见是必须要马上把路局派来的人先打发走。

赵壁还有点不服："几个臭苦力，这次忍了他们，以后还不得上天？！"

陈宏经说："他们中间有高人，从开始建立那个工友俱乐部，到现在把你告上路局，时机抓得很好，我们不能硬顶着干，你也看到了，洋人不关心工人的事，但他关心生产，这方面要是有事，他就卸磨杀驴，你和我，都得小心啊。"

赵壁恶狠狠地说："老子一定要查出是谁在背后告的我。"

没多久，姓丁的调查员来到铁工厂，开始调查工人反映赵壁的情况。在博曼等人接待他的时候，丁某直接表明路局态度，如此事属实，建议铁工厂开除赵壁，以平息工人怒火。现在全国各厂矿工人都在闹事，这个时候，铁工厂一定要保持稳定。

博曼表示，此事可由陈宏经负责配合调查。

陈宏经找到赵壁，对他说，这个时候就看你的表现了。

夜晚，赵壁赶到丁某住的地方。

丁某出来，问他："你找谁？"

赵壁满脸堆笑："我就是找你的。"接着摘下礼帽鞠了躬，"在下赵壁！"

当天晚上，赵壁给丁某送去3000块大洋，拜托他帮忙。丁某收下了大洋，找了几个工人去账房走了一走，然后约来博曼和陈宏经，宣布调查结果：经查实，赵壁确有吃空饷的行为，铁工厂已经对其进行处理，事态已经得到圆满解决，工人比较满意。

丁某说："我回去会向路局报告此事已经处理完了，至于赵先生的去留，你们自行决定就是。"

博曼和陈宏经心照不宣，点头称是。

对丁某的到来充满希望的工人们，在丁某走后，发现赵壁照常出现在了铁工厂的工地上，没有受到任何影响。

佟惠亭对王尽美说："不应该啊，我们可是什么都和姓丁的说了，证据确凿啊。"

王尽美说："事情没这么简单，如果赵壁这么容易就被告倒，那他也太好对付了，我们得做好长期斗争的准备。"

没有被撼动的赵壁，更加有恃无恐，大肆叫嚣："想告倒我的人，还没有生出来呢！"

陈宏经和赵壁开始打击报复。

景树庭，成为第一个被报复的人。

因为景树庭去天津告状时请了假，未能上工，这成为陈宏经、赵壁报复他的借口，于是以其擅自离厂、违反厂规、聚众闹事为由，将其开除。

赵壁放话出来："凡是敢跟我作对的人，不会有好下场！"

面对这一局面，工友俱乐部秘密工会立刻开会研究对策。

王尽美说："这不是坏事，有可能是好事。"

面对大家不解的目光，王尽美说：

"这种结果我早就预料到了，从这件事上可以看出，我们现在要斗争的人，不仅仅是封建把头，还有他背后的帝国主义势力。他们如此倒行逆施，反而给了我们一个非常好的理由，把斗争深入下去。现在赵壁不仅欺压工人，瞒骗路局，而且牵出了他身后的人。我们现在要对付的，不仅是赵壁，还有他背后的势力。"

他当即作出部署，马上又写了一份禀帖，把厂方与赵壁互相勾结、沉瀣一气的事情也上报给路局。这一次，他们要求开除的人，不仅是赵壁，还有陈宏经。

掀翻赵壁

佟惠亭和景树庭拿着第二封举报赵壁的禀帖，连夜再次前往天津。

列车在铁道线上奔驰，车轮与铁轨摩擦，发出"嚓嚓"的声音，一下一下打在景树庭的心上，耳边回响着临行前王尽美的嘱托：

"这次去了，要找到路局的管事人，一定要让他们亲自督办这件事，告诉他们，如果赵壁还留在厂里，我们就继续告，往上告！"

佟惠亭说："放心吧，这一次，我们一定能成功。"

"不管怎么样，咱们整了赵壁一下子，让他也不好受！"

"是的，要是没有工友俱乐部，我这个天津人，没准儿还在赵壁面前忍气吞声呢！看来刘先生说得对，咱们要是团结起来，也够他们尿一壶的！"

两人说着说着，天已经亮了。

下了车，两人直奔京奉铁路局。

到了门口，看门人竟还记得他们："怎么又是你们？前几天是不是来过？"

"是的，我们又来了。这次我们要见局长，见不着局长，我们就不走了。你们啥时开门，我们就啥时来这儿等着。"

"多大仇恨啊？至于吗？再说局长能是你想见就见的？"

"必须得见，如果这次的事得不到解决，我们就得饿死了。老兄，你也是咱穷哥们儿，局长要是来了，您可得和我们说一声。"

看门人被他们打动了，告诉他们，来得真巧，水钧韶局长今天就在。

佟惠亭、景树庭找到了水局长。水局长本想将他们打发走，但一看两人满眼血丝、疲倦不堪的样子，也产生了几分恻隐之心，问："到底有何冤屈？上次你们铁工厂的事，不是给你们解决了吗？"

佟惠亭说："没解决，你们路局的意见厂里没执行，工人也没看见。"

景树庭说："就是因为上次来的事，我还被他们开除了。现在我们工友俱乐部都为我打抱不平，准备和厂里闹一场！"

水局长面色严峻起来，说："你们有工友俱乐部？有多少人参加？"

景树庭说："1000多人吧。"

"这么多人？"水局长绷起了脸。

佟、景二人对视一眼，觉得果然如王尽美所说，一提工友俱乐部，这个大官就变脸了。

水局长说："把你们的禀帖拿上来，给我看一下，你们先回去吧。"

没过多久，佟惠亭两人又来了，他们的禀帖上已经有了批示："赵壁声名恶劣，即行开除。"

佟惠亭说："局长，上次也有批示，可是厂里不执行，你们也不知道，我希望有人督办。"

水局长又加上一条："同时局方派人前来督办。"

佟惠亭、景树庭这才放心了，此行目的已经达到，他们向局长道谢告别。

看他们走了，水局长脸上的表情又严峻起来，他把秘书叫来，告诉他，通知铁工厂博曼总管，向自己汇报厂里的情况。

9月14日一大早上，景树庭被开除的告示旁边，贴上了一个新告示：

"职员赵壁，借工作之便，营私舞弊，含占财物，现按违反厂规处理，开除赵壁厂籍。民国十一年九月十二日。"

赵壁被开除了！这一消息立刻轰动了全厂。人们奔走相告，像过年一样高兴。

王尽美随李跃东在翻砂车间上班，杨宝昆兴冲冲地从铁匠房出来找他，一见面就告诉了他这个好消息。

"我们斗倒赵壁了！"

王尽美说："事情恐怕没这么简单，赵壁这次知道了咱们的厉害，一定会反扑，要大家小心。"

"他都被开除了，还能尿出什么花样来？"

王尽美说："我不担心他，我担心他身后的势力。"

此时，赵壁如丧家之犬，跑到了陈宏经的办公室。

"陈总，洋人真不够意思，真像你说的，卸磨杀驴啊。"

陈宏经不以为然地说："这有什么大不了的？你是下去了，但你天津帮的势力可还在啊！"

"您的意思是……"

陈宏经点了他一下："不管是谁下了什么命令，洋人最后还得靠你来管这些工人，铁工厂也就还在你手里。你别忘了，四大帮的作用是什么？"

赵壁恍然大悟，说："我明白了，谢谢您的指点。"

没过几天，厂方将新把头换成了天津帮的另一个大哥，赵壁的弟弟赵二。

赵二上台后，马上和陈宏经密谋，要替哥哥报仇。

陈宏经指示他："把你哥斗倒的人，是工友俱乐部的，你得瞄准他们。"

赵二心领神会："我知道，姓景的让我们清出去了，这次弄姓佟的。"

铁工厂有个规定：工人上厕所不能超过6分钟，超过8分钟就要开除。有一次佟惠亭去上厕所，赵二硬说他超过了8分钟，报到厂方，陈宏经大笔一挥，厂方立即张贴布告将佟惠亭开除了。

俱乐部副委员长景树庭被开除的问题还没有解决，现在又把委员长开除了。这一劣行引起了工人们的极大愤怒,当夜,工人们齐聚俱乐部门口,要求俱乐部出面,叫厂方收回开除佟惠亭、景树庭的命令。

王尽美立即与佟惠亭、景树庭、杨宝昆等人聚在一起,研究下一步的计划。

王尽美提出,斗争已经升级,和他以前所预想的一样,赵壁只是车前的小卒子,真正的势力躲在幕后。现在,他们都跑出来了,是和他们正式宣战的时候了。

这一战至关重要,如果战胜了,工人们就会扬眉吐气,如果失败了,陈宏经、赵壁等人就会为所欲为,工友俱乐部就会岌岌可危。

王尽美看到,工人们已经做好了与资本家、封建把头斗争的准备,下面要做的,是及时地把这场斗争的目标引导到改善生活待遇、争取工人基本权利上来。

秘密小组会议气氛凝重。

佟惠亭提出,有些会员今天找过他,说害怕赵壁余党的报复,想退出工友俱乐部。一旦有人退出,就会影响工友俱乐部会员的士气。虽然他们也正在努力做这部分人的工作,但如果这次不能真的斗倒赵壁及其同党,那就缺少说服力了。

杨宝昆也提出,路局去过几次了,现在是否还有必要再去?就怕去了,也只是换汤不换药。就算赶走了赵二,谁又敢确定下一个把头,不会是另一个赵壁?

对于大家的顾虑,王尽美非常理解。现在看来,斗争是复杂的,也是需要有一定高度的,要解决换汤不换药的问题,那就要从根本上,从制度上,提高工人的权益,保护工人的利益。

长辛店工人罢工的斗争成果,是可以借鉴和学习的。

1922年6月,长辛店工人俱乐部向路局提出开除总管、工头,承认俱乐部有人事推荐权和增加工资等要求,但迟迟得不到答复。1922

年 8 月 24 日，长辛店铁路工人举行罢工，3000 多名工人手持写着"不得食不如死""打破资本专制"等口号的白旗，在娘娘宫举行誓师大会。罢工坚持了两天，26 日路局被迫与工人代表谈判，答应了除工人参与路局人事权外的全部条件。随后，长辛店工人正式复工。

王尽美说："宝昆，你学习过长辛店工人罢工的资料，你知道罢工是怎么取得胜利的。"

杨宝昆点头道："是的，那次他们提了 6 条要求，最后都得到了满足。那次罢工，让人终生难忘。"

王尽美说："今天的铁工厂，就是当初的长辛店。弟兄们，你们做好准备了吗？"

在他眼前，是工友们坚定的目光。

王尽美说："下面的斗争，我们一方面要揭露博曼、陈宏经残酷剥削工人、欺压工人的本质，一方面还要将山海关铁工厂的情况通过报刊等各种途径向全国传播，以获得全国广大工人的支持。要做到这两点，我们必须要有我们自己明确的主张。"

他从身上拿出了昨天一夜未眠写下的信件。

"这是我草拟的，由工人俱乐部向天津京奉铁路局提出的 6 条要求，请大家看一下，有没有什么意见？"

6 条要求如下：

一、速开革陈宏经，请我们的代表佟惠亭、景树庭二君复职，并将二君停工期间工资完全发给。

二、每星期日及各种假日，均要休息，并须发给全薪。

三、凡工人一律加薪，按十五元以下者加三成，十五元以上者加二成，五十元以上者加一成。

四、以后每年加薪一次。

五、此次直奉战争工人所受损失极大，应照火车房例，同样发给奖金。

六、关于待遇平等，包含下列各项。（1）每年须有两星期假，假中发全薪。（2）每三年须有两月例假，假中发全薪。（3）病假必须发给全薪。（4）工人向厂买物及购煤，必须与员司受同等待遇。（5）工人家眷来往乘车，须发给全免费票。（6）每年发给五路乘车免费票一次。

大家传看了一遍，不约而同地点了点头。

佟惠亭说："刘先生，这些要求提得太好了，简直说到了大家的心里。我们看不出还有什么可以补充的，如果路局能答应这些要求，工人的地位就有了大变化，不管换了哪个把头我们都不害怕了。"

王尽美说："这一次，我们不要再拿赵璧和他的同党说事，我们的目标是提高工人待遇。但我估计路局未必能够同意，如果路局那边不能给我们满意的回复，那么你们就又要辛苦了，也许咱们还得去天津一趟，逼到他们同意为止！"

佟惠亭和景树庭情不自禁地对视了一眼。佟惠亭说："我们可以再去！不达目的绝不罢休。"

王尽美的目光扫向杨宝昆，杨宝昆说："我也去，我毕竟参加过长辛店的罢工，做这种事，我有经验。"

王尽美点点头，说："好的。"

他放松了身体，靠在了椅背上。

他知道，一场暴风雨即将来临了，而在这次暴风雨来临之前，他还有一件事必须要去做，这关乎铁工厂的整个革命进程。

第一个党小组

1922年9月,一个月光皎洁的夜晚,刘武来到山海关南马道杨宝昆的家门口,敲了敲门。

门打开了,杨宝昆探头出来,说:"你来了。"

刘武笑问:"是啊,你怎么了?什么事这么神秘,还非得晚上让我上你家里来?"

面对刘武的笑问,杨宝昆表情严肃,说:"进来再说。"

刘武进屋时,发现佟惠亭也在,刘武一愣:"你怎么也来了?"

佟惠亭说:"老杨下午让我来的。"

刘武问杨宝昆:"老杨,你这是唱的哪一出?"

杨宝昆说:"一会儿就知道了,刘先生马上就过来了。"

过没多久,又有人敲门,这次进来的是王尽美。

佟惠亭和刘武站了起来,王尽美说:"你们坐,你们坐。"他进了屋,让刘武两人坐着,自己却站在那里,望着两个人。

王尽美说:"宝昆,这次把他们叫来的目的,由你和他们传达一下吧。"

杨宝昆说:"两位兄弟,还记得前几天,刘先生和你们说过的话吗?"

"什么?"

"让你好好干的那些话。"

两人想起来了。

就在秘密工会小组成立不久，有一次王尽美、杨宝昆和刘武三个人在一起时，王尽美突然说："刘武兄弟，你一定要好好干！"

刘武有点发蒙，反问一句："怎么了？我哪里没有好好干？"

杨宝昆说："刘先生不是这个意思，他是说，希望你能做得更好一点！"

"刘先生还有什么需要我做的吗？"

"有。"王尽美严肃地说，"我希望有一天你能加入我们的组织，成为我们中间的一员。"

"你们的组织？"

"对。我和刘先生一样，"杨宝昆说，"我们都来自一个共同的组织，叫中国共产党。"

看刘武还有点迷惑，王尽美提醒说："还记得我给你们讲过的那个叫苏俄的国家吗？苏俄的工人就是在共产党的领导下，翻身得解放的。"

对于刘先生的共产党人身份，刘武并不奇怪，但他没有想到的是，和自己私交甚笃的杨宝昆也是党员。

看出了刘武的疑惑，杨宝昆解释："我是去年入的党，咱们山海关工人里，现在就我一个党员。"

"宝昆同志是山海关区第一个共产党员，我相信用不了多久，这里会有更多的共产党员。"王尽美激动地说，"这座铁工厂，会和苏俄的工厂一样，成为红色的工厂。"

刘武也激动起来了，说："刘先生，宝昆哥，你们看我行吗？"

"行。我们相信你行，才要你好好干。"王尽美说。

"那你们就看我的表现，我不会让你们失望的。"刘武说。

此时，刘武似乎明白了王尽美和杨宝昆要他来，是为什么事了。

"刘先生，你现在提起了这件事，是不是就是说我……"

他把目光转向佟惠亭："佟哥，刘先生也找过你了？"

佟惠亭点点头，说："找过了，他让我好好干。"

"还有谁吗？"刘武的语音里有几分颤抖。

王尽美说："目前就有你们俩。"

刘武和佟惠亭激动地望着王尽美，说不出话来。

王尽美说："经过这段时间的观察和考验，在办夜校、办俱乐部、团结组织工人活动等工作中，你们冲锋在前，吃苦在前，任劳任怨。特别是在驱逐赵壁、到路局上禀帖告状的过程中，你们不顾个人安危，勇于牺牲自己，我觉得你们已经具备了党员条件，所以我愿意以介绍人的身份，欢迎你们加入党组织，我已经把这些事情向上级党组织进行了汇报，取得了同意。"

杨宝昆补充一句："也就是说，你们通过了考验，刘先生要发展你们入党。"

刘武和佟惠亭站了起来，向王尽美深鞠一躬。

"从今天开始，你们不再是普通的工人，你们是共产党员了，你们有组织，有信仰，有行动的方向，那就是要把党的革命事业进行到底。还有一点，你们也有纪律，有原则，要保守党的秘密，服从党的命令，永不叛党。你们能做到吗？"

刘武和佟惠亭异口同声地说："我们能做到！"

"那就和我一起，向党旗宣誓！"

杨宝昆将房间的窗户用被子严实地遮住，然后取出一面旗帜，挂在了墙上，那是一面缀有镰刀斧头的红旗。

王尽美站在红旗下面领誓，刘武、佟惠亭高举右手，站在王尽美对面，面对着党旗庄严宣誓：严守秘密，服从纪律，牺牲个人，阶级斗争，努力革命，永不叛党。

在红旗的映衬下，刘武和佟惠亭的脸上泛起激动的红晕，他们的声音由于激动而颤抖着。

宣誓完毕，王尽美、杨宝昆、刘武和佟惠亭四双大手紧紧握在一起。王尽美说："从此以后，我们几个人就组成了咱们山海关地区的第一个党小组！"

杨宝昆说："以后，咱们也不再以兄弟相称，咱们互称同志！"

刘武和佟惠亭激动地说了一声："同志！"

同志，对他们来说，是一个很陌生的称呼，但从这一天开始，将伴随他们一生，将成为他们之间永远无法拆解、无法割舍的关系。

王尽美把党员证交给了他们并再三嘱咐，这个证既不能丢失，也不能被人发现。党证的封面是红色的，上面有"中国共产党党证"的字样，头一页还有贴照片的地方。他们因为怕暴露身份，都只填写了名字，没贴照片。而为了保密起见，刘武在党员证上写的名字是刘元福。

那个夜晚，在那间狭窄、简陋的民居里，诞生了秦皇岛第一个党组织。

随后，王尽美主持召开了山海关铁工厂党组织第一次会议，正式宣布秘密党组织成立，由杨宝昆任组长。根据上级组织要求，党组织直接接受中国劳动组合书记部的领导，具体工作由王尽美直接负责。秘密党组织的任务是：团结群众，组织工会，改善工人生活，打倒工贼，反抗军阀。

面对即将到来的革命斗争，王尽美想的是，发展更多的党员，发挥党员的作用，壮大党组织，让山海关铁工厂成为红色的工厂，把红色的种子播撒在中国的钢桥摇篮。

第四章 大罢工

路局的敷衍，厂方的剥削，伪警的蛮横，肆无忌惮地蹂躏着工人。在共产党的领导下，工人已经觉醒，再也不是任人欺侮的下等人了，他们要争取尊严！愤怒的火山终于喷发了！

露 天 大 会

王尽美预感到，改善工人待遇的6条要求，京奉铁路局未必能够答应。

他采取两手准备，一面等待路局批复，一面利用多种渠道让外界广为人知，扩大影响。

王尽美亲自草拟了电信稿，联系在京的同事，将这一消息登报宣传。他还通知了各地工人组织。电信稿发到各报社和党领导的各工会后，立刻得到各地报界的声援及工人组织的迅速响应。

声援的电报、信件纷至沓来，各大报纸也以醒目的标题登了电信稿。上海《民国日报》的标题是"山海关铁路工人罢工酝酿，监工虐待工人被彻查，余党开除代表激发反响"。北京的《晨报》等报纸也登载了这一消息。

唐山南厂派来工人代表帮助组织工人斗争，京汉铁路总工会也迅速回信，全文如下：

山海关唐山京奉铁路全体工友鉴：接到你们对路局的五（实为六——笔者注）项要求，有的各路已早实行了的，有的各路已经争到手的，尤为不过分很适当的要求，你们很郑重的提出来和所持的态度，我们很钦佩很表同情的，你们的举动不单是为你们自己计，亦是为我们全无产阶级争体面争光荣哪，所以我们亦准备十分的力量，等到关节，一定要首出援助的，你们要想，你们是处在两个军阀的冲途，诸事要慎重将事，努力前途，祝你们的奋斗胜利。京汉总工会布启。

山海关铁工厂的工人们看到这些声援的电报、信件和报纸刊登的文章、报道，不由地高声宣读，奔走相告，更加深刻理解了"天下工人是一家"的道理，也更加坚定了坚持斗争的决心和信心。

一连几天过去了，京奉铁路局不见一点动静。对这个情况，王尽美的意见是，没有必要再等下去了，必须采取有效的斗争手段。他提议团结全体工友俱乐部会员及广大工人，举行第一次露天大会。

京汉总工会援助山海关工人

为了召开这次露天大会，秘密小组进行了周密的筹划，确定整个活动由俱乐部委员们在工厂内部组织开展，除鼓励铁工厂工人积极参加外，争取让车头房、工务、工程等单位都有部分工人参加，同时邀请来自唐山开滦煤矿、港务局的代表参加。因为是第一次组织大会，一定要确保有足够的人数参加，以壮声势。

为防止会场中间有人捣乱，组织了纠察队负责维护现场环境，由刘武负责这项工作。刘武、张金梁等纠察队员，一人拿一把锤子，作为防身的武器。

大会召开的时间，最终确定为1922年9月25日下午6点，地点在铁工厂北门外的空地上。

王尽美在筹备会上，对所有参会的工人提出希望：

"工友们，这是咱们开展的第一次大的活动，我们要做好一切准备，只能成功，不能失败！"

下午6点，是白班工人快要下班的时间。每天这个时候，工人们已经开始换衣服、收拾东西，准备回家去了。然而9月25日这天例外，工人们在快下班时，都接到了通知，6点在工厂北门集合。

在佟惠亭、杨宝昆、刘武等人的安排下，工友俱乐部的成员已经分布在各个车间里，确保每个车间都能在同一时间接到通知。

1000多名工人几乎同时接到了大集会的通知。

5点50分左右，一批批的工人们连工装都没脱，就赶到北门集合。

头房、工务、工程等单位也有部分工人前来参加，唐山铁路机器制造厂派来了代表，以实际行动表示支持。

铁工厂北门门口，人头攒动，黑压压的。人虽然很多，但秩序尚好，没有人大声喧哗。人们在小声交谈，既紧张又兴奋。

6点10分，有一群人开始向大门方向走来，他们的到来引起了不小的轰动。这些人中有佟惠亭、景树庭、鲁懋堂、杨宝昆等人，王尽美走在了他们中间。经过这一段时间，这些人的名字在厂里已经家喻户晓，堪称是厂里的"名人"了。

杨宝昆、刘武等人扛来了几张长条桌子，拼在一起，搭成一个台子。大会的主持人先上台，代表工友俱乐部发表讲话：

"我们山海关工人因受不过生活困难，久思之下，为自己阶级谋解决一切痛苦，遂同人结合组织工友俱乐部。不料工头赵壁及员司陈宏经、赵恩祥、刘维勤等，出而为难，诸多破坏。工人等以其营私舞弊，罪在不赦，遂上陈路局，请其开除。而当局反将赵壁开除，对其余诸人，仍姑息不肯扑灭，工人等已大不满意。可恨他们不但不改悔，反将工人代表佟、景二人开革，工人大哗，更因生活逼迫，工资太低，糊口为难，并此忍无可忍，遂联合唐山工人一体向当局提出。当局至今未有明白表态，工人愈形激昂，以为当局出此柔滑之举，是逼我们走最后一步，所以才当日全体代表议决，于二十五日下午开始全体露天大会，以求最后办法。"

主持人的讲话引发下面一片呼声：

"工友俱乐部做得对！"

"我们支持你们！"

主持人又提议，选举佟惠亭为这次大会的主席，工人们表示认可。

佟惠亭上台，先对工人的信任表示感谢，接着说："诸位工友，我代表大家去天津控告赵壁，竟被该贼余党开除，今已出厂了，我不是铁工厂的人了，所以不应当再当这个主席。"

工人们高呼起来："哪个敢开除你？你是我们的代表，开除你就是开除我们全体，我们死也不承认。"

在大家的强烈要求下，佟惠亭也不再推辞，说道："大家既推我做事，佟某赴汤蹈火也不敢辞，想我们工人因被环境压迫不过，提出这 6 条要求，要当局速予答复，谁知道当局藐视我们，并不来管，我们至今已不能再忍了，请大家赶快想法子吧。我们的想法和唐山是一致的，今有唐山派代表来此，请也发表意见。"

在掌声中，唐山代表吴某登上主席台。

吴代表说："我们工人的举动是悲壮、激烈的，当局又不圆满答复我们，我们为自己生命计，为阶级利益计，不能不起来拼命奋斗，现在唐山和山海关是一体的，若一处不达到目的，彼一处要以生命来援助。兄弟们只要勇猛去干，胜利是握在手里的。"

掌声如潮水一般响起。主持人说，兄弟单位也有来应援的，请他们上台讲话。

车厂职工王某说:"我们工人是创造世界的,为什么反被人们贱视,要知一切幸福,非由生命热血换不来的,我们团结起来,誓死力争,没有办不到的,如今当局不答应我们的要求,就是想看看我们的决心有多大,我们再不起来奋斗,怕是没有好日子了。"

这些人讲完话后,曾经参与过斗争赵壁的工人代表们,一个个也都上台发言。

景树庭上台介绍了与赵壁斗争的情况。他说:"现在厂里仅仅把几个工贼开除,又把我们的代表开除,就想消此风潮,我们怎肯干息?"

崔玉书说道:"当局轻视我们,无非是因为我们无权无势。其实我们工人是很有权力的,这个权力就是罢工。现在当局再不承认,我们就罢工。"

崔玉书的发言,振聋发聩。在工人们心中早已存在"罢工"这两个字,但从来不敢说出来,现在终于有人说出来了!

在他们的鼓舞下,一个又一个人上台发言。眼看着天色将晚,一位工人代表上台,提出了一个关键性的建议:

"如果需要罢工,罢工计划完全交由委员会去讨论拟定,因此项不便在此公开,恐防走漏风声,为路局方面知道,于我们罢工前途不利,故我主张,委员会有计划及指挥之全权,我们全体工友一致听从。"

工人们高喊:"赞成!""同意!"

在工人们的推举下,佟惠亭又走上主席台,代表大会作出总结:

"现在我代表委员会决议,今晚就把电报发给总局,要其满足我们的要求,否则就是逼我们罢工。请大家鼓掌通过!"

全体工人一起鼓掌。佟惠亭激动地说:"既然大家都同意了,就请大家团结坚持到底,静听委员会命令。现在先走第一步,以后按步走下去。不达目的决不罢休!"

杨宝昆等人走上台去,振臂高呼:"誓死力争!"

铁工厂工人的怒火被点燃了。

大家高呼:"誓死力争!"

佟惠亭又举起左手,握成拳头,高声呐喊:"劳动万岁!"

工人们跟着一起呐喊,声若惊雷,把树上的鸟儿都震得四处飞散。

面对群情激奋、热血沸腾的工人们,王尽美脸上露出欣慰的笑容。

风云再起

　　山海关工人露天聚会的消息，迅速传遍各地，京奉铁路局无法再坐视不理，不得不开会研究此事。

　　鉴于路局之前的表现，王尽美和大家也不再对路局抱有太大的希望。大会以后，王尽美和俱乐部领导人开始一起制订罢工计划和行动方案。考虑到这是第一次开展罢工，为防止路局、县衙、警署等破坏，并有力打击他们的破坏行为，确保罢工斗争取得胜利成果，王尽美决定组织正式的工人纠察队。大家一致同意由俱乐部委员刘武任纠察队总队长，霍承志任纠察队副总队长，在下面各分车间、分厂设立纠察分队。

　　在工人们的强烈要求和社会舆论的大力声援下，京奉铁路局被迫对山海关京奉路工友俱乐部的禀帖作了批复。9月30日，批复公文送到了工友俱乐部，同意对工人的工资进行一定幅度的增长，但对工人们提出的其他要求都轻描淡写地略过了，所允许的不及十分之一，对开除陈宏经和佟惠亭、景树庭复职更是只字未提，甚至在批复中提出，如果工人不能按规矩开工，违反厂规，宁可关闭工厂。

　　这个批复对6条要求中最关键的部分不予理睬，工人们当然是不满意的。但佟惠亭、杨宝昆也提出了自己的顾虑，路局表明了态度，实在不行就关闭工厂，如果真的走到这一步，工人面临失业，恐怕就不敢再斗争下去了。

　　王尽美笑道："关闭工厂，说说而已，真的关闭工厂，谁的损失更大？这可是京奉铁路线啊，牵一发而动全身，这是封建军阀和帝国主义列强的聚宝盆，你以为他们会轻易放弃？"

工友俱乐部立即召开委员会，决定投快函一封，表示对路局的批复不满意，并再次召开露天大会作斗争动员。

王尽美对杨宝昆和佟惠亭说："这一次，真的还要辛苦两位再跑一次了。"

佟惠亭说："没问题，对路局这边，我们已经轻车熟路了。"

王尽美说："但我们不能把希望寄托在这些人身上，现在要想达到我们的目的，还是要继续斗争。第二次露天大会，我们要争取广大工人的支持，灭掉他们关厂闭厂的威胁。"

王尽美已经在心里作好决定，这一次他要亲自上台，动员工人们。

1922年10月1日下午，1000多名工人在纠察队总队长刘武的指挥下，由各纠察分队长带领进入大会会场。这次露天大会比上次准备得更加充分，"内部组织更极详密，秩序更加严整"。与第一次相比，大会开得更为隆重。"其时会场中已布置妥当，当中立一大白旗，上书'劳动神圣'四大字，其外各式旗帜不下百余幅都书有'是阶级斗争的表现''是生死存亡的关头''驱逐工贼陈宏经''从此打倒奴隶制'等标语，一时全场白旗飞扬，万头攒动。"（北京《晨报》对这次大会的盛况报道语）

山海关铁路车头房、工务、工程等单位的部分工人也参加了大会，社会各阶层人士也来到了大会会场表示声援。

会上，首先由大会主席佟惠亭当众宣读了路局的批文，宣读完毕，佟惠亭问大家："对路局的答复大家满意吗？"

"不满意！"工人们吼声震天。

"大家既然不满意，我们就抖起精神来，从此奋斗下去，不达目的，誓不终止！"佟惠亭高举拳头。

工人们奋臂高呼:"不达目的,誓不终止!"

特来参会的秦皇岛码头工友俱乐部孟代表登台表示:"秦皇岛码头工友俱乐部派孟某前来,一来安慰大家,二来鼓励大家,想我们工人被逼到这步田地,不得已提出这6个条件,实在痛心得很,而当局却不承认我们,我们再让步,倒不如自杀!于今厂部成立虽未久,势力虽薄弱,却与贵部义同生死,采取一致行动。"

兄弟厂矿工友的支持,使全场工人情绪更加振奋,工人们高呼:"义同生死,采取一致行动!"

王尽美在大家的欢呼声中走上台,看着群情振奋的工人们,激动地说:

"工人兄弟们,陈宏经不仅为工人之贼,实为国家之蠹,这种东西,早就该铲除,为什么当局偏要护彼奸邪?于今当局若再不承认我们的要求,速把他驱逐,我们自己起来打死他罢,不然公理何在?我们的人格何在?陈贼是我们的仇敌,誓不与其并立,景、佟二君为大家为公心出来办事,是我们推举的,绝不能让工贼无端开革,当局再不承认我们的条件,我们全体罢工!"

工人们振臂高呼:"全体罢工!"

"我们一定提高警惕,当局不会就此罢休,但他们的伎俩无非一是收买败类,一是吓唬善良的工人,他们不是用闭门关厂吓唬我们吗?我们就正好趁此机会,将工厂收回来我们工人自己管理,岂不爽快!"

大家高呼:"好极了!"

"让他们关厂好了!"

"我们要自己管理!"

王尽美大声道:"在这个时候,我们不要睡大觉,要斗争,一切幸福都是用斗争换来的,只要坚持到底,一定能取得斗争胜利!"

在工人们的欢呼声中,王尽美结束了他的演讲。佟惠亭上台,代表俱乐部宣布："当局若于 10 月 3 日晚上前再不答复我们，我们就全体罢工！"

博曼的翻译、封建把头王化其一直混在工人中间，见势不妙，急忙假惺惺地上来对大伙说："兄弟们，让我说两句。大伙在一起这么多年了，大家的辛苦我们也知道，有什么要求只管讲，不用罢工，我们会慢慢给大家全办了。不过现在还不能办到，给我们几天工夫。"

大家斩钉截铁地回答他："现在不解决，不答复，我们马上就罢工，推脱是不行的，你们的话我们不会再相信了，我们不能再上你们的当了。"

这一次的露天大会比上一次更加决绝果断，确定了请愿的最后时间点，10 月 4 日，也就是 3 天以后，如果路局不同意，就全线罢工。

王尽美作了周密的安排，露天大会之后，按照当初制订的计划，决定由杨宝昆、佟惠亭带着《工人请愿书》，作为山海关工友俱乐部的代表，连夜到路局再次谈判。

这已经是工人们第三次前往天津谈判了。大家把他俩送到车站，叮嘱他们注意安全的同时，王尽美也作出指示：这次谈判没必要委曲求全，一定表明我们的态度，我们是表达工人们的正义要求和争取应有权益，必须答应我们的条件，否则就罢工！

针 锋 相 对

星夜启程，连夜赶路，杨、佟二人一早到达天津，直接赶往路局。和上次不同的是，这次他们没有见到局长，路局只是派了一个代表来接见他们。局方代表声称，你们提的要求我们都看到了，但是里面涉及的问题很重大，局长很忙，还没有挤出时间来研究。

杨宝昆、佟惠亭很清楚他们为什么会有这样的态度。上一次的问题只是针对赵壁，铁路局认为不算是一个大事，这次的"六条"要求，则是从根上要否定铁工厂对工人的管理，触动了他们的根本利益。

杨宝昆明确态度："我们是受工友们委托来的，今天必须给我们明确的答复，否则我们不能回去。"

局方代表说："那我们研究研究，你们稍候。"

杨宝昆、佟惠亭两个人离开办公室，一直在路局大楼门前，从早上一直等到下午，局方代表这才通知他们进来。

坐稳之后，路局代表说："你们所提的要求，有的本局不能做主，需上报交通总长那里研究。"

杨宝昆和佟惠亭见路局毫无诚意，只是在这里敷衍，于是说："我们身负工友重托，条件不满足，我们坚决不能回去。由此产生的后果，你们要负责任的。如果3天之内，不能满足我们的要求，我们就会采取行动。"见杨宝昆、佟惠亭态度坚决，局方代表只好点头说再研究。

到下午5点多，局方代表重新来到杨宝昆、佟惠亭面前，但这一次一改前两次的态度，不仅表情凶恶，气势汹汹，而且还带来了两名警察。他把杨宝昆他们带去的《工人请愿书》"啪"地拍在桌子上："局长说了，这个事不能由着你们，上次的批复不会更改的，你们回去好好工作，不准再闹事！"

杨宝昆和佟惠亭非常愤怒，大声地质问："这就是你们研究的结果？！我警告你们，如果你们不真正答应工人们提的要求，一切后果由你们全部负责！"

局方代表冷笑着："你们还能翻到天上去？我告诉你们，我们已经通知临榆县衙和警署，如果你们闹事，他们就不客气！实在不行的话，我们和厂里也说了，把工厂关闭了，你们都没有饭吃，还争什么6条权益，我看一条也没有。"

杨宝昆和佟惠亭冷冷地看着他们，知道已经无法再谈下去了，于是留下一句话："那我们就走着瞧！"

两人连夜返回山海关，到了关城，饭也来不及吃，就急忙向王尽美汇报路局谈判的情况。

王尽美很冷静，对杨宝昆二人解释，这个事情已经触动了帝国主义和官僚资本家的根本利益，这个时候，他们必然是要串通在一起的，现在不能再对这些官老爷们有什么幻想，他们和博曼、陈宏经是一丘之貉，要想生存下去只有一条路，就是组织罢工，和他们斗到底。

对　峙

从誓死力争到坚决罢工，铁工厂的工人，走上了由中国共产党人领导的斗争之路。

京奉铁路局预感到了事态的严重性，把警务处处长吴大挺调了过来。

路局局长给吴大挺一个指令：以调停为主，必要时候，可以考虑武力威胁。

吴大挺并没有把这件事太当回事儿，在他看来，几个工人能闹多大事？他对局长作了保证，一定完成任务。

吴大挺立即赶往山海关铁工厂，与英国资本家博曼和副厂长陈宏经会面，进行了一番密谋，作出诱骗工人再次谈判的决定。

吴大挺给博曼打了包票："你放心，我们先和他们调解，一旦不成，老子用枪来压服他们！"

厂方要来谈判，对此，王尽美的意见是：谈！经过研究后，推举焦文焕、崔玉书、王贵发等5人和吴大挺谈判。

工人代表和路局派来的警务处处长、厂方代表第一次面对面地坐在了一起。起初，吴大挺还假模假样地说一些关心工人的话，但焦文焕、崔玉书等人并不为所动。他们开门见山，要求当局对请愿书予以答复，吴大挺立刻蛮横地说："那些事情我说行就行，我说不行就不行，你们再说也没用，这个事没商量的。"

崔玉书说："我们是代表工人们来谈的，如果像你说的这样，谈判还有什么用。"

吴大挺一拍桌子："谈，是给你们面子，别不知好歹！"

崔玉书针锋相对："在我们面前你只是一个代表，我们是平等的，根本没有什么面子！既然你没有诚意，我看，我们也没有谈的必要。"说完他们就走了。

吴大挺恼羞成怒地说："你们等着，看我怎么收拾你们！"

谈判破裂了，这让工人们对路局再也不抱希望，大罢工如箭在弦上。

工友俱乐部里，党组织成员们再次聚首，王尽美让刘武率领工人纠察队，一定做好罢工期间工人的安全保卫工作。

10月3日午饭后，厂里突然派人通知，全厂职工开会，工人们从各个车间来到厂大门里的广场，黑压压地挤成一片，工厂的两扇大门紧闭着。

大家搞不清这是要干什么，就只见吴大挺穿着一身笔挺的警官服装，脚上是锃亮的大皮靴，在马弁、警察、打手的簇拥下，旁若无人地走过来。他站在铆钉箱上，马弁、警察和打手站在下面，端着盒子枪。

吴大挺趾高气扬地看着工人们："兄弟今天来主要是奉路局之命为调解而来，我声明，我并不认识什么姓赵的、姓陈的，大家不要误会。佟惠亭、景树庭二君不算开除，是准备给他们调调工作，还是一样干活。他们可以去唐山，待遇绝不会比这里低，大概还能高一点，你们不用担心……"

吴大挺刚说到这里，工人们就喊了起来："不行，他们是为我们工人办事的，我们怎么可能不管，不要好的待遇，就要他们在铁工厂复工上班。他们哪儿也不能去！"

吴大挺身边的4个马弁，对着工人们喊："谁在喊？谁敢闹事？"

崔玉书站起来喊道："是我！"

马弁一边走向崔玉书一边骂道:"再敢胡说八道,老子捆了你!"

崔玉书并不惧怕,迎着他走过去。这时候,一个工人挡在了崔玉书的前面。

这个人叫訾启泰,长得牛高马大,曾在1918年的时候去法国当过劳工,见多识广,勇武过人,绰号叫訾大东。

訾启泰拦在崔玉书身前,如同巨塔一般,那马弁竟没敢再往前走。

工人郑万春随后喊道:"我们要涨工资!否则我们就罢工!"

吴大挺冷笑:"罢工?没关系,工厂停产半年十个月,都没事儿,倒要看你们怎么活,看看你们还能尿出一丈二的尿来不成?工厂有钱就能雇着人。三条腿的青蛙不好找,两条腿的人有的是!"

工人们喊道:"你们有钱能雇人,我们有人也能挣钱!"

只听"嘎"的一声响,有人开始推动大门。

吴大挺叫马弁举起枪,大声喊着,不许工人往外走。

"拿枪也吓唬不了我们!"

"你敢开枪试试?"

会场大乱,吴大挺急得满头大汗,手拿着枪,却不敢打响,可是又怕引起暴乱,他站在铆钉箱上不敢下来,几个马弁也不敢轻举妄动。

工人们齐声大喊:"我们不给他们干了,冲啊!"

随着喊声,工人们将大门推开了。大门外面,王尽美、佟惠亭带领着工人代表和他们会合在一起。

工人们浩浩荡荡地向城里进发,走在队伍最前面的工人打出"争取自由平等"的大字横幅,长长的队伍喊着震天的口号:

"打倒帝国主义!"

"打倒资本家!"

"打倒陈宏经!"

"劳工神圣!"

"劳动万岁！"

在山海关这座寂静的历史古城，工人阶级发出第一声觉醒的怒吼！京奉铁路工人大罢工的号角正式吹响。

点燃火炬

1922年10月4日，铁工厂上班的汽笛响了很久，但厂内依然静悄悄的，没有一个工人的身影。

这一天，山海关京奉铁路工友俱乐部正式宣布罢工。这是由中国共产党领导的京奉铁路工人第一次大罢工，参加罢工的有1500多人，除山海关铁工厂的工人外，还有山海关铁路的工人。

罢工的通知，是用小纸条传递的，上面写着简单的口号、时间、地点，汽笛一响，就是罢工开始的信号。

工人纠察队员碰见要去上工的工友就将其劝回去，把头们的打手原本想出来逼迫工人上工，可是看到上百个纠察队员，手拿大棍、铁锹走过来，吓得急忙溜了。

工人们都来到了工人俱乐部。

此时的工人俱乐部成了罢工总指挥部，热闹非凡。俱乐部门口插着两面大旗，一面旗上画着一把斧头，另一面旗上画着一把榔头，两面大旗迎风招展，光彩夺目。纠察队员在俱乐部门前威风凛凛地站着岗，刘武带领着一部分纠察队员仔细巡查，密切关注着外界和工人队伍的变化。工人们看到自己的俱乐部比县衙还威严，更加坚定了罢工斗争的必胜信心。

王尽美一方面把亲自起草的罢工宣言发往各地报馆和各地工人俱乐部，说明罢工真相，揭露铁路当局的欺骗行为；一面和杨宝昆、佟惠亭等研究斗争策略，时刻关注着路局、县衙、警署等部门的动向。

看到工人真的罢工了，整个山海关陷入一片混乱中。县衙和工厂一面请求军阀和警署派出军警以武力干涉，一面派人去俱乐部进行说和，甚至对俱乐部委员施以小恩小惠，企图利诱工人复工。他们还制造种种谣言，破坏俱乐部名声，妄图把罢工斗争搞垮。

临榆县衙、警署、路局及铁路巡警孙段长和宪兵队张连长，先后派人或亲自前去工友俱乐部调停。他们假惺惺地对工人说：先复工，什么要求都好商量，什么条件都能答应。还有人假情假意地对佟惠亭说：你是会长，复工后对你错不了。

佟惠亭断然拒绝："罢工不是为了我个人，是为了全体工人的权益。"警察看到来软的不行就干脆用枪指着工会委员："快下命令，马上让工人复工。"

只听一声呐喊，近百名工人冲了进来，警察见势不妙，急忙逃出了俱乐部。

罢工第四天，宣称回去汇报的吴大挺又回到山海关，这次他带着护兵，凶神恶煞地要求工人复工，但对工人们提出的条件却只字未提。俱乐部委员坚决不答应，义正词严地拒绝了他。

吴大挺威胁道："我看你们能有多大尿，半个月不开工，饿死你们！"工人们看到他趾高气扬的样子，非常愤怒，大喊："别让他走。"

吴大挺一看工人们有的手里拿着木棒，有的手里握着石头，以为工人要揍他，而跟随他一起来的护兵手里虽然有枪，但都被工人控制住了，动弹不得，不禁吓了一跳，脸上的汗珠直冒。

吴大挺只得服软，称："兄弟也是奉命行事！"他哀求着俱乐部委员让他先回去，嘴里一个劲儿地保证："你们放我回去，我一定把你们的事禀告局长，尽快答应你们的要求。"

俱乐部委员们看到吴大挺的可怜样，非常鄙视他："我们不会像你们那样无理，自古就有'两国交战不伤来使'的古语，希望你回去后也能遵守你刚才的诺言。"

吴大挺在"滚出去"的声浪中狼狈地逃出了俱乐部。

面对种种威胁、利诱,俱乐部委员们把各方派来的"说客"一一痛斥回去,并在俱乐部的大门上贴出"一切调停谢绝,必须答复条件"的告示。

10月6日,王尽美代表工友俱乐部再次发出《山海关京奉路工友俱乐部罢工宣言》,把罢工的起因、工人的困苦生活再次公告全国,并在重申原有6项要求的基础上,又增加了3项。《罢工宣言》全文如下:

> 我们山海关工人,因受经济和恶势力压迫不过,于本月四日实行宣言罢工了。但我们都是安分守己的人,都是凭着血汗换钱来养家糊口的,不到万不得已,谁肯出此最悲惨的行为,拼命的运动啊!深恐各界对于我们罢工的内容及调停经过的真相不能明了,是不能不再向我工友们、父老兄弟、姊妹们涕泣详陈的。
>
> 想我们来厂下苦力,有的已十数年了,有的四五年了,天天没白没黑的去劳动,说不尽的苦楚,受不尽的虐待,为的什么?不是想得到工资来维持生活吗?不料想,近来社会生活程度日高,米珠薪桂,犹暴涨不已,而我们的工资却还是一仍旧例,以至劳苦终日,糊口维艰,困顿颠迫,每况愈下,每当散工回家,父母号寒,子女啼饥。这种黑暗地狱的景况,使我们椎心泣血。尤有甚者,工贼陈宏经,平素营私舞弊,虐待工人,已令我们切齿痛恨,近更与赵璧贼表里为奸,千方百计来破坏我们的团体,而陈贼幸逃法网,谁知他不惟不悔过,反一意与工人为敌,无故将我委员佟惠亭、景树庭二君开革。我们被逼到这步田地,还能忍受吗?我们心中愤结,至此已不能再忍,遂向当局提出六项要求。不想当局始则置之不理,继则派警务处处长吴大挺和路局科员陈

兆著君来调停，其实是来压迫我们。当与我们代表团交涉时，连一条都不应允，并掣出手枪示威，工会全体大哗。是以调停决裂，我们至今已绝望了，不罢工也要冻死、饿死、被压迫死。如其受辱死，不若奋斗死，所以于四日起，东西两厂一律罢工。若当局不容纳我们的要求，我们虽死不辱。当时吴大挺君托出本地铁路巡警孙段长和宪兵张连长，来到本俱乐部要求转面，与我们磋商之至再至三。我们本息事宁人之大旨，将要的条件，让步再让步，修改又修改。调停人见我们让步到家，遂毅然代表当局承认我们。答应我们说：五号六号是旧历中秋节，厂中照例放假。趁此机会，吴处长今晚即回天津，于六号晚回来，连当局批准的明文带来交给大家，大家可于七号安心上工了。我们见调停人这样尽心，也私心感动，静候解决。谁知当局对我们工人全用欺骗手段，说的话立时就翻悔。今日吴大挺君闻是回来了，可是以前承认我们的条件，竟根本推翻。我们受此惩处，始知路局对我们的毒辣手段。我们是坚持到底，继续罢工，并且特此宣言，所要求的条件，一丝一毫也不让步。

工友们！父老兄弟姊妹们！我们山海关数千人，今已陷于绝地了，只有昂首哀求大家援助了，并把罢工后附加的条件三则列下：

（一）当局必须要正式承认本俱乐部为正式团体；

（二）罢工期间的工资，无论多少日，必须完全发给；

（三）罢工之后，无论俱乐部职员和部员，不得借端开除。若犯大过，必须开除时，也要先通过本俱乐部。

——山海关京奉路工友俱乐部公启

《罢工宣言》很快就散发到工人手中，并贴满山海关城内外大街小巷，这是一封战斗的檄文，也是古城的革命火炬。

全 国 声 援

如同烈火蔓延，山海关铁工厂罢工的消息迅速传遍大江南北，轰动全国。

在驱逐赵璧和与路局、厂方的较量时，王尽美就将山海关铁工厂工人的生存状况和斗争情况，通过电讯文稿等各种形式发给报社、各工人俱乐部，号召工人阶级联合起来，共同与殖民者、封建把头、军阀作斗争，争取自身的权益。这也是中国共产党在领导数次工人运动后，留下的宝贵经验。

京奉路山海关铁工厂大罢工爆发后，王尽美又第一时间将罢工情况传到全国，及时地把斗争进展向社会公布，让大家看清当局者的真实面貌，让各大报纸予以积极转发，以期引起各地工人和全社会的广泛关注。

唐山、秦皇岛港等工人俱乐部派人来到山海关铁工厂支援，无论是在露天大会上，还是在罢工开始后，他们都融入其中，成为得力的帮手。

罢工开始后，京汉铁路总工会、长辛店、江岸、唐山等各地工会纷纷来电来函，表示坚决支持。唐山开滦煤矿工人俱乐部发表通电声明："如十三日当局再不与山海关工友圆满解决，就与山海关工友取一致行动罢工。"

北京、上海、天津等各大报纸也及时报道山海关铁工厂工人斗争情况。

1922年10月4日,《晨报》以《山海关铁路工人罢工之酝酿》为题,刊登山海关铁工厂的工运情况:"山海关工人因反对陈宏经及要求改良生活,径向当局提出六条要求,并于9月25号开露天大会,全体表决,坚持到底,誓必得最后的胜利,情形激烈之至。"并在最后强调:"当局若再不速予答复,怕这个风潮是越闹越大啦!"

1922年10月7日《晨报》发表《京奉路山海关工人罢工矣》:

> 京奉路山海关工人酝酿罢工之详情,已致本报。顷刻工人等已发出宣言书,原文照录如下:
>
> 工友们!同胞们!我们山海关工人受工头赵璧,及其党徒陈宏经等之虐待,和生活艰难,年长日久了。于今赵贼虽去,而其党陈贼仍留,千方设计,图谋破坏工人俱乐部并无端开除俱乐部委员佟惠亭、景树庭二工友,我们曾向路局提出要求条件,已宣言过了。

1922年10月7日《盛京时报》(四版)报道:

> 山海关造桥厂(铁工厂——笔者注)罢工原因:山海关铁路造桥厂原有工人千余,英人鲍孟(博曼——笔者注)总管该厂事务,计员一司以下大小工头20余,每月工资尚可敷衍,惟小工头及工人等,每月工资多在五元至十元以下者,如工龄须在五年或十年以上者尚可得十余元报酬,而每月尚扣大礼拜日工资,倘遇患病,即停发工资,相治已久。近年来,米珠薪桂、生活程度低,所入不敷所出,欠债又重,是以工人无路可走,欲罢不能,遂演成愤,恨工头总管之现象,今处该工厂工人始组织工友俱乐部一处,籍以联合团体,要求增加工资,并控告陈宏经(副总管)等劣迹,施将赵工头三人开除不用,照准增涨工资,亦不扣两日之礼拜,贫病假亦给半资,总局不为,不体恤劳动事。该总管以佟、

景好事等词，请求局长一并开除，免再滋事——众工人以开复佟、景原职或开除陈宏经为目的，否则全体罢工……孙署长率警镇压，亦无凶暴举动……是日晚该工人召集在俱乐部议决，于4号全体罢工，并散布罢工传单4份，痛陈流黑暗，并以工人贫苦务情形以求分决。

全国各地工人组织的关注和支持，使参加罢工的工人充分感受到天下工人是一家，在精神上得到极大鼓舞，为罢工的胜利提供了强大的精神力量。

在全国声援之下，铁工厂的罢工运动进行得如火如荼，但是京奉铁路局的当权者依然采取了敷衍塞责的办法，企图从经济上制造困难，削弱工人的斗志，瓦解工人的队伍。在罢工坚持了一个星期后，如何面对这一困难，也成为摆在王尽美等人面前急需解决的问题。

第五章
怒 火

"不罢工也要冻死、饿死、被压迫死,如其受辱死,不若奋斗死。"在这掷地有声的口号中,铁工厂工人的罢工如同一个火星扔进了油锅里,北方规模最大的罢工活动,即将开始掀起高潮。这是中国共产党人在全国人民面前的一次漂亮的亮相。

如其受辱死，不若奋斗死

从工人开始反抗的第一天起，以资本家、封建把头为代表的压迫者，就坚信工人们坚持不了多长时间。因为只要没了工作，丧失了经济来源，工人们就挺不住了。

事实上，在斗争刚刚开始的时候，也确实有工人因此而妥协的事例。

罢工开始之后，京奉铁路局见工人们软硬不吃，于是开始采取拖延的办法，以此来消磨工人的斗志。他们认为：工人罢工时间一长，拿不到工资，日子就熬不下去了，只能被迫上班。事实确是如此，罢工旷日持久，工人们面临的困难越来越大，温饱问题亟待解决，有些人就动了复工的想法。

针对厂方的这个做法，王尽美多次提醒杨宝昆、佟惠亭等人，要形成互助互帮的氛围，避免敌人以此手段瓦解、分化工人阶级队伍。

此时王尽美通过及时起草第二次罢工宣言，稳定了军心。宣言中提出，"不罢工也要冻死、饿死、被压迫死，如其受辱死，不若奋斗死"，坚决表示"所有的条件，一丝一毫也不让步"。

10月6日，王尽美开始争取全国各工会团体及各界人士的援助，以解决工人在罢工期间的生存问题，揭露铁路局拖延行为的真相。长辛店、唐山等地的工人组织纷纷来人、来电、来信表示支援。特别是唐山开滦煤矿工人俱乐部的工人，每人捐献了一天的工资，以支援山海关工人的罢工斗争。

各地工会组织也纷纷捐款捐物，杨宝昆把家庭生活遇到困难的工人集合到一起，用工会的会费、外界援助的钱款救济大家，帮助他们渡过难关，鼓励他们坚持到底。

对于在这期间，因恐慌情绪而产生复工想法的个别工人，由纠察队负责劝阻，对个别别有用心的人，则加以清查。纠察队员赵金生一直在车站附近巡视，发现可疑情况就向组织报告，并监督工人决议事项的执行情况。

此时，罢工已经整整 5 天，双方陷入僵持阶段，路局方面仍没有任何退步，工人的生计问题也日益严重。王尽美与党小组商议后，作出一个决定，采取极端行动，促成罢工胜利，这个行动就是——截火车。

山海关是京奉铁路线重要的枢纽站点，如果能够截断其咽喉，那就会造成震惊全国的事件，可以扩大影响，逼京奉铁路局表态，这是一记险招，但也是一记致命招！

如何截住火车，工人们没有最有效的武器，万不得已之时，那就只能用最原始的办法——以身体卧轨强行拦截。

卧轨截车，有生命的危险。然而，当这个想法提出来的时候，工友俱乐部委员们的眼睛里并没有流露出丝毫的恐惧，只有跃跃欲试的激动。

看着他们，王尽美感到欣慰和骄傲，眼前的这些人，面对强权，义无反顾！

王尽美作出部署：为确保卧轨截车行动的实施并达到预期目标，采取先礼后兵的方式。先派俱乐部委员长佟惠亭、副委员长景树庭作为铁工厂工人代表，会同铁路的工务代表赵凤山、车头房代表王恩宽一起，向火车站站长发出中断铁路行车的通知；然后派罢工纠察队总队长刘武，组织全体罢工工人拦截经过山海关开往北京的 4 次快车。

在这次卧轨行动中，刘武是冲在最前线的指挥官，大家的目光齐刷刷地望着他。刘武手攥成拳头，举起来做了一个坚定的手势。他用无声的行动告诉大家，没问题！

卧 轨 截 车

10月9日上午8点，一辆火车呼啸着在京奉铁路上行驶。

火车将要开进铁工厂道口西边的站口时，一幕场景出现在驾车司机的眼前，让他几乎不敢相信自己的眼睛，因为前方的铁轨上挤满了工人。

在眼前并行的四条铁道线上，有一排身着工装的工人们站在那里，他们手举"劳工神圣""坚持斗争"等字样的横幅、旗帜，在风中伫立着，一动不动。

在他们的身后，工人们有的站在铁轨上，有的坐在铁轨上，有的伏卧在铁轨上，整整占据了100多米长的铁轨。

一阵冷风吹来，裹着一股烟尘，将工人们的头发吹得飞扬起来。怒发之下，是一张张黑里透着红的面容。

站在最前面的是刘武，他挥舞起手中的榔头，高喊道："京奉铁路总局若不答应我们的要求，咱们就誓死力争！兄弟们，喊起我们的口号！"

现场除铁工厂各车间的人外，还包括工务、工程、火车房的工人，共计1100多人，他们一起呼喊着：

"打倒帝国主义！"

"打倒资本家！"

"劳工神圣！"

口号声此起彼伏，响彻云霄，列车向卧轨的工人驶来，并没有减速，而站在轨道中间的刘武岿然不动，他身后的工人们也都临危不惧，有的坐了下来，有的躺了下来。

火车犹如一头巨兽，呼啸着向他们冲来，汽笛声震耳欲聋，铁轨在工人们的身子下不停地颤抖着，但工人们一动不动，视死如归。

驾驶火车的司机见工人们没有躲闪的意思，于是急忙刹车，但一旁的英国机务纠察却抢过手把，依然驱车向前驶去。

火车距离卧轨的工人越来越近。英国机务纠察凶狠地喊道："我就不信你们敢不让开！"

中国司机胡振江，看到再往前开就不足火车的制动距离了，结果必然是要轧压无数工人，于是愤怒地将英国机务纠察打倒在地，马上进行紧急刹车。当列车带着尖厉的刹车声终于停下时，车头距刘武等人只有十几米远！

胡振江长长地松了一口气，刘武面不改色，仍是一动不动。

进京的4次快车被英勇的工人们阻截了下来。这一停，就是4个小时。随后，路经山海关的所有客货车全部被堵截，铁路交通瘫痪，所有的货物无法出关，京奉路的咽喉山海关车站交通全部中断。

山海关铁路工人卧轨截车的消息像长了翅膀一样，很快传遍了四面八方。

铁工厂总管慌了！车站站长慌了！临榆县县长慌了！京奉铁路局局长慌了！火车站站长急得围着办公桌乱转。

很快，京奉铁路局派代表赶往截车现场。临榆县县长张光照也慌忙赶来。

在停滞不动的火车头前，双方进行了"火线"上的谈判。

佟惠亭严肃地对路局代表和临榆县县长说："卧轨截车是被逼无奈，本来我们都是正当的要求，怎奈路局推三阻四，如果路局再次失信，我们将进行更大的斗争，我们有决心、有信心争取斗争的胜利。"

佟惠亭话音刚落，工人就一致呼喊：

"你们不答复我们工人所提出的条件，火车就别想开了！"

路局代表无奈地说："我们一定会充分考虑贵方要求，尽快予以满意答复。"

佟惠亭追问："几天答复？"

路局代表说："最迟3天。"

杨宝昆要求到场的临榆县县长，立字据为路局担保。

临榆县县长赶忙点头答应。

杨宝昆对刘武一挥手："撤！"

刘武指挥大家从铁道上有序撤离。

山海关铁工厂和铁路工人的卧轨截车斗争，使京奉铁路中断4个多小时，充分显示了工人阶级团结的力量。北京的《晨报》、天津的《益世报》等报纸迅速发布消息，造成了轰动全国的影响。

10月12日，京奉铁路局终于答应了俱乐部如下条件：

（一）陈宏经立即开革，佟惠亭、景树庭二君复职，并将佟、景二君停工期间工资完全发给；

（二）大礼拜及放假日，均发给工资；

（三）普遍增加工资；

（四）每年增加工资一次；

（五）每年有两星期例假，每三年有两月例假，假中均发全薪；

（六）病假有医生证明者，第一月发全薪，第二、第三月发半薪；以后停发；

（七）工人家眷来往车票全部免费；

（八）承认俱乐部为正当团体；

（九）罢工期间的工资完全发给；

（十）上工后俱乐部职员或部员不得无故开除。

在中国共产党的领导下，山海关铁路工人历时 9 天的罢工斗争，终于取得了胜利。罢工胜利后，工友俱乐部及时向全国宣布罢工胜利宣言，极大地鼓舞了全国的工人。

10 月 13 日，工友俱乐部发出复工的命令。复工这一天，工人们高举大旗，鸣放鞭炮，大家笑逐颜开，奔走相告，庆祝罢工斗争的胜利。

10 月 16 日，北京《晨报》迅速发布了名为《山海关路工风已解决》的新闻通稿：

> 山海关京奉路罢工风潮因当局之无诚意，以致延长至今，后路局见工人方面，团结坚固，万众一心，恐唐山工人牵入漩涡，于十日承认工人要求条件之大部分，经该路局长明白批示工人方面亦为满足，故于三日已宣言全体上工，兹录京奉局已准工人之条件如下……

由王尽美领导的铁工厂工人罢工的胜利，为京奉铁路工人树立了一面胜利的旗帜，在中国工人运动史上写下了光辉的一页。

报纸对铁工厂罢工运动胜利的报道

五矿联合罢工

1922年9月,在秦皇岛市道北鲜果市场老盐店的一所民居外,鞭炮齐鸣,一个写有"秦皇岛矿务局工友俱乐部"的牌匾在门口挂了起来。

在众人的簇拥下,王尽美走进屋内,屋里的人都站了起来,以热烈的掌声欢迎他的到来。

一个月前,王尽美在山海关成立京奉铁路工友俱乐部时,秦皇岛港口码头也派工人代表参加了。从那时开始,王尽美就把关注的目光放在了秦皇岛港的码头工人身上。

秦皇岛港是中国第一批自开口岸,建于1898年,比铁工厂稍晚一点。与铁工厂一样,这里也是英国人主管、封建把头控制基层工人的管理模式。铁工厂工人所受的苦,码头工人也一样承受着,所以铁工厂建立组织的经验,在这里也完全适用。

8、9月间,王尽美不停地穿梭在秦皇岛港、铁工厂之间,建立了两个工友俱乐部,也让两个俱乐部互为援应,同声同气。

1922年9月,铁工厂相继召开了第一次、第二次露天大会,秦皇岛矿务局工友俱乐部负责人、委员长廖洪翔、副委员长孟学诚都参加了,秦皇岛矿务局工友俱乐部代表在山海关铁路工人露天大会上表示愿同山海关工人"义同生死,采取一致行动"。10月4日,山海关京奉铁路工人第一次罢工,开滦五矿工人为表示支持,捐一日工资,支援罢工工人,与此同时,开滦各矿也投入与之配合的罢工斗争。就在山海关铁路工人庆贺罢工胜利的时候,唐山铁路车辆厂工人也宣布罢工,并取得了胜利。附近地区两次罢工斗争的胜利，直接影响了整个京奉铁路线上的各路矿工人，增强了他们为改善待遇而斗争的决心和信心。

就是在这胜利的大潮下，王尽美等人发起了开滦五矿工人罢工。

10月16日晚间，秦皇岛港工人代表、工友俱乐部委员长廖洪翔从唐山连夜赶回，他刚刚参加完"开滦五矿工人代表会议"。大会上，来自林西矿、马家沟矿和赵各庄矿等的工人代表，在共产党员邓培的领导下，建立了"五矿同盟"，代表们经过商议，共同拟定了《开滦五矿工人联合请愿书》，提出了增加工资、改善待遇的6条要求，其中包括了加薪、休假、工伤、养老退休费及年终分红等。

王尽美仔细看完联合请愿书之后，对廖洪翔说："再加上一条，反对无故裁员！"

有了联合请愿书，再加上裁员令使港区的工人怨声载道，王尽美认为在秦皇岛港开展工人运动的时机已经成熟，于是开始着手筹备工人露天大会。

10月17日晚，写着"劳工神圣"的大横幅高高挂在了秦皇岛港机器房门口的两棵大槐树上，血红的大字异常醒目。机器房门口已经来了不少工人，每个过来的人都挤到桌前签上自己的名字。没多久，一本厚厚的签名册就写满了名字。

秦皇岛港露天大会非常成功，1200名港口工人参加了大会，工人们把机器房门口围得水泄不通。除了秦皇岛港工人外，山海关铁工厂以及唐山林西矿、马家沟矿、赵各庄矿的工人代表，也都赶来支援。

山海关铁工厂成功的经验，让这一次的革命行动少走了弯路，更加顺畅平稳。在热烈的掌声中，王尽美走上主席台，发表了演讲，并当场宣读了《联合请求书》，接着各矿代表又上来轮番发言，介绍各矿罢工、反抗的情况。

现场不断响起雷霆般的掌声，将居住在附近的老百姓吸引过来了，发言人的讲话也多次被掌声、喝彩声打断。集会结束时，现场响起了一片高亢的歌声。工人们正在王尽美的带领下，唱着王尽美为工人们特别创作的《劳工歌》：

    工人白劳动，厂主吸血虫。
    工人无政权，世道太不公。
    工人站起来，革命打先锋。

矿务局和天津路局一样，对工人的请愿书也拖延不办。10月21日，王尽美亲自起草了给港务局总经理丘尔顿的《最后通牒》，但丘尔顿未作回复。当天下午，工人代表廖洪翔乘火车前往唐山，第二天上午就返了回来，取回唐山总部指示，准备正式启动联合罢工，并拿来了《开滦五矿总罢工宣言》。

10月23日，秦皇岛港码头工人几千人聚集东大庙，王尽美在会

组织开滦五矿工人大罢工的领导人合影

上宣读了《开滦五矿总罢工宣言》和《致开滦矿务局总经理函》。在《致开滦矿务局总经理函》上，除上述6条要求外，又提出4条要求，包括承认工人俱乐部有权力代表全体工人、厂矿，雇佣和开除工人须经职工委员会即工友俱乐部通过，以及罢工期间工资照发等条款。

大会过后，举行了声势浩大的示威游行，港口6000多名工人几乎都加入了游行队伍中，工人包围了总经理办公楼，递交了罢工宣言。港务局总经理丘尔顿慌忙从另一通道逃走，在矿警队的保护下离开港区。

同一天，开滦五矿全体工人开始大罢工，总计37000名工人走进罢工队伍。

众 志 成 城

面对声势浩大的工人运动，开滦的英国主管们极为惊慌，他们加紧勾结军阀，调兵遣将，部署武装力量镇压。直系军阀、吴佩孚的主子曹锟派出一个师的兵力到林西、赵各庄、唐山等矿区驻扎。直隶省警务处在处长杨以德的指挥下，派出800多名警察连同原有矿警共1000多人分驻各矿，英军则在秦皇岛和唐山驻扎。军阀和列强联手，试图扼杀工人运动。

10月26日，矿警队开始抓人，杨以德亲自率领警务厅及矿警队，逮捕了开滦矿7名工人纠察队成员。

工人们聚集在警察局门口，高举"劳工神圣"的大旗，要求释放被捕工人。杨以德从楼上向下望去，只见下面人头攒动，工人们怒喊着：

"打倒资本主义！"

"免除帝制余毒！"

"要求经济解放！"

……

口号声浪排山倒海，震人心肺。

杨以德恶狠狠地对手下人说："把所有人调来，守在警察所，向他们喊话，让他们赶快解散。要是有人敢往里冲，格杀勿论！"

警察手持话筒喊话，要工人们散去。工人们愤怒回应："放人！不放人决不走！"双方持续喊话近30分钟，仍无结果。一名工人情绪失控，向警察局冲来，警察开了枪，工人中枪倒地。

高级员司与地方军警合影

这一声枪响,成为导火索。上千名工人开始冲击警察所,要求交出杀人凶手。矿警继续开枪,不断有人中枪倒地。这一次,共打死打伤工人50多名,这一事件,被称为"开滦惨案"。

开滦惨案轰动全国。王尽美在山海关得知此事,说:"反动军警开始杀人了,他们要疯狂反扑了!大家要千万小心。但我们不能就此屈服,工人的血不能白流!"

王尽美传话下去,增加工人纠察队人手,防止开滦矿事件在铁工厂重演。山海关工友俱乐部第一时间强烈谴责反动军警的野蛮行径,表明支持工人斗争的正义立场。同时俱乐部积极筹款支援唐山五矿工人的斗争,帮助生活困难的罢工工人。

"过去他们帮我们,现在我们帮他们。"王尽美代表矿务局工友俱乐部连夜起草《秦皇岛矿务局全体工人痛告国人书》,揭露军警罪行。

工人代表连夜奔赴北京，致电参、议两院，陈述开滦当局及军警镇压工人真相，要求严惩凶手，将以杨以德为代表的矿警队凶手法办。开滦五矿共37000名工人开始了第二次大罢工。

一天后，唐山启新洋灰厂的8000名工人罢工，罢工的范围再次扩大。

开滦当局也想以拖延的方式给工人的生活造成困难，让工人陷入困境。面对这一伎俩，王尽美组织工友俱乐部成员，组成救济组织，接济罢工工人，以维持其生活。

党组织除在经济上给予援助外，还通过舆论组织各地声援，李大钊领导的马克思主义学说研究会，首先举起全国应援大旗，此后各地工人俱乐部纷纷捐款，支持五矿工人罢工。

王尽美为此夜以继日，用各种方式呼吁全国人民捐助。

一天，一封电报的到来，让王尽美不禁欢欣鼓舞。他把所有的人都叫进屋里，举起电报，激动地说："大家看看，这个捐款人是谁？"

大家看见电报上只有一行字：孙逸仙为我们捐款。兄守常。

王尽美说："孙先生！推翻满清帝制，缔造共和的伟人孙中山先生给我们捐款了，这是李大钊先生发来的电报，这说明，我们的罢工得到了全国上下的支持。"

孙中山捐款的消息迅速传遍全国，各地纷纷捐款。其中不仅有中国人，还有外国人。

罢工第25天，开滦总矿挺不下去了。开滦矿务局总办那森作出指示，与工人谈判。与此同时，杨以德逃离开滦矿，矿警保安队解散。

1922年11月21日，开滦总局与工人代表进行谈判，最终同意了工人的大部分要求。当日，各地工人俱乐部通知工人，可以复工。

北方最大的工人罢工运动获得完胜。

第六章

告别

　　山海关铁工厂工人罢工的胜利极大地振奋了工友们的革命精神,让工人们充分感受到了团结一心的巨大力量。京奉铁路工人大罢工的胜利,掀起了全国工人运动的高潮。随之,规模更大的京汉铁路大罢工也开始了。1923年2月7日,一场大屠杀爆发,工人运动进入低谷。为保存实力,王尽美等共产党人不得不和曾经并肩作战的战友们告别。

星 火 燎 原

根据中国劳动组合书记部要求，王尽美全面负责领导山海关、秦皇岛地区的工人运动，并联合唐山党组织积极开展工人斗争。为工作方便，罢工胜利后，化名刘瑞俊的王尽美，正式进驻铁工厂，在机械房做了一名学徒工。

全国各地的工人运动此起彼伏，全国工人阶级大团结已成为必然趋势。1923年1月，京奉铁路总工会在唐山成立，中国劳动组织书记部北方分部的邓培任委员长，王尽美以山海关铁工厂工人代表的身份任总工会秘书。王尽美在工友俱乐部的基础上成立了京奉铁路总工会山海关分会，并向会员颁发了证书和徽章。

这个会员证是石印的，有编号，有俱乐部的印章，正面印有姓名，还有"世界的工人们联合起来呵"的标语，背面印有《规约》，内容是：

京奉铁路工友俱乐部会员证书

"一、拥护工人的权利，二、注重对内对外的联合，三、实行互助。发展劳动神圣的精神。"

通过工人运动和罢工斗争的考验，一批工人骨干成长了起来，根据斗争需要，王尽美、杨宝昆将在斗争中表现突出的杜希林、李连生、任荣华、鲁懋堂、林茅新、王桂林、寇文德、王国清、徐金明、刘朋等发展成为中共党员，党的组织进一步扩大。到 1923 年 2 月，党小组共有党员 13 人，由杨宝昆任组长，王尽美负责直接领导。

秦皇岛地区的第一个党组织，一步步走上了发展壮大之路，为今后的斗争奠定了坚实的组织基础。

1923 年 2 月 1 日，京汉铁路总工会成立。

中国共产党领导的工人运动中，铁路工人一直是一支重要的力量。1922 年 12 月，中共中央制定的《对于目前实际问题的计划》指出，在中国工人阶级中，铁路工人、海员、矿工是"三个有力的分子"，在全国总工会成立以前，要先成立这三个产业的联合组织，作为工会运动的中坚。

与京奉铁路相比，京汉铁路沿线工会的工作基础要更好一些。1922 年底，京汉铁路各站已经建立起 16 个工会分会，广大工人迫切要求建立全路统一的工会组织。在这种形势下，京汉铁路总工会筹备会决定，将于 1923 年 2 月 1 日在郑州召开京汉铁路总工会成立大会。

如此盛会，京奉铁路总工会必定要大力支持和参与，京奉铁路总工会山海关分会先是发电祝贺，接着党组织决定，派杨宝昆、刘武到郑州参加京汉铁路总工会成立大会。

从河北到河南，从山海关到郑州，从京奉到京汉，正体现了天下工人是一家。临行时，杨宝昆、刘武心情激动，王尽美叮嘱道：

"此去山高路远，两位多加保重，你们代表山海关工人的形象，希望此行，能认识更多的同道，学习更多宝贵的经验。"

1923年1月底,参加成立大会的代表和来宾全部到达郑州,出席大会者除京汉铁路各工会分会的代表65人外,还有京奉、津浦、道清、正太、京绥、陇海、粤汉等铁路的代表60多人,汉冶萍总工会和武汉30多个工会的代表130多人,北京、武汉的学生代表和新闻界人士30多人。

这次大会,让杨宝昆、刘武大开眼界。

全国各地聚集而来的强大的工人群体,让军阀政权深为恐惧,特别是让盘踞在京汉铁路沿线的直系军阀感到如坐针毡。

京汉铁路纵贯直隶、河南、湖北三省,是连接华北和华中的交通命脉,有重要的经济、政治和军事意义。京汉铁路的运营收入是直系军阀吴佩孚军饷的主要来源之一,也是英国人的势力地盘。

吴佩孚终于撕下"保护劳工"的假面具,以"军事区域,岂能开会"为借口,下令禁止在郑州召开京汉铁路总工会成立大会,并派出大批军警准备对成立大会进行阻挠和破坏。

2月1日上午,郑州全城戒严,军警荷枪实弹。前来参加会议的工人代表不顾生死,冲破军警的重重包围,进入会场——郑州普乐园剧场,并立即举行大会,宣布京汉铁路总工会成立。与会者情绪激昂,高呼"京汉铁路总工会万岁""劳动阶级胜利万岁"等口号。

武装军警把会场严密包围起来,企图强行解散会议,代表们与之进行了斗争。会议持续到下午4点结束,代表们冲破重围离开会场,回到住宿的旅馆后又被包围。

军警强行捣毁总工会和郑州分会会所,把室内什物抢劫一空后加以封闭,并勒令全部代表立即离开郑州。

代表们受此凌辱,十分愤怒。为此,京汉铁路总工会执委会于当晚召开秘密会议,决定京汉铁路全路自2月4日起实行总罢工,号召全路工人"为自由作战,为人权作战,只有前进,绝无后退";同时决定将总工会临时总办公处移至汉口江岸。

2月4日上午，江岸机器厂工人首先罢工。到中午，全路2万多工人全部罢工，1200多千米铁路顿时瘫痪。轰动一时的京汉铁路大罢工开始了！

罢工爆发后，王尽美代表京奉铁路总工会山海关分会发表宣言，声援京汉铁路工人罢工。

《京奉路工对京汉工潮之愤慨》

从1922年1月到1923年2月，全国发生大小罢工100余次，参加人数达到30万以上。其中，京汉铁路工人大罢工参与人数之多、影响之大，均是前所未有的。

这次罢工运动是个顶点，也是个拐点。这次事件之后，中国工人运动出现了重大的变化，从高峰走向低谷，中国工人运动最艰难的时刻即将到来。

落 入 虎 口

1922年末,针对"赤色分子"的镇压行动开始逐渐升级。

1923年2月7日,在江岸,全副武装的军警将工会包围,工人纠察团副团长曾玉良等36人被杀害。在长辛店,机车厂铆工、纠察队副队长葛树贵等6人被打死。在郑州车站,郑州铁路工会委员长高斌惨遭酷刑牺牲。在江岸、涞水、高碑店,被捕后死于狱中的工人有4人。罢工工人被捕的有40多人,被开除的达1000多人,工人家属也遭到军警的迫害。

京汉铁路总工会江岸分会委员长、共产党员林祥谦被绑在车站的电线杆上连砍数刀,但他坚贞不屈,壮烈牺牲。京汉铁路总工会与湖北省工团联合会法律顾问、共产党员施洋,也于2月15日凌晨被吴佩孚的爪牙萧耀南秘密杀害于武昌洪山脚下。

"二七惨案"发生后,中共中央发表《为吴佩孚惨杀京汉路工告工人阶级与国民书》,号召全国人民和工人阶级团结起来,打倒压迫和残杀工人的军阀,为自由而奋斗。中国劳动组合书记部连续发出《通电》《敬告国民书》《二七大屠杀的经过》《告全国工人书》,揭露吴佩孚等军阀祸国殃民和残酷屠杀工人的滔天罪行,指出:"我们何以受这等的压迫,受人不能受的压迫?乃是因为国家的政权掌握在军阀手里,我们工人除了两只手两条腿能做苦工以外,什么也没有,所以才受他们这样任意蹂躏,任意压迫。"因此,工人"应该赶快化除地方的意见,化除行业的意见,把工人阶级组成一个极大极强的团体,再联合农民、商界、学界同心努力，打倒大家的共同敌人——军阀，建设真正的民主共和政治来代替军阀政治"。

在工人革命史上，从打倒封建把头、资本家、洋人开始，这一次明确了新的敌人——军阀。

军警开始镇压工人，关闭工会，而对"赤色分子"的通缉令也遍布全国。

赵壁、陈宏经等人也开始了反扑。他们把目光投向了杨宝昆的妹夫张凤祥。

张凤祥原来是铁工厂翻砂房的二号把头，一直与陈宏经、赵壁狼狈为奸。当他看到工人们斗争陈宏经和赵壁时，假装同情工人，蒙骗了一些人。其实，他骨子里是和工人作对的。

赵壁的党羽找到张凤祥，告诉他郑州出事了，政府和警察署贴出告示悬赏捉拿工人领袖，他们翻身的机会到了。

在通缉名单中，有很多是著名的工人领袖，其中有一个人从外貌和特征上，很像在这次罢工中出头露面的"刘先生"。

起初，张凤祥有些犹豫，毕竟他和杨宝昆之间有亲戚关系。来人威胁道："杨宝昆和刘瑞俊他们都是一伙的，如查他们确实是赤色分子，你也是逃不了干系的。你想拿回过去的位置，那就是做梦，说不定还会受牵连，也跟着坐大牢。倒不如立功折罪，也没准你揭发有功，还能拿回你的二把头位置。"

利益面前，张凤祥终于变节了。他来到县衙，亲自指证刘瑞俊、杨宝昆、赵春生三人"领头捣乱"，而且怀疑是"赤色分子"。

县衙马上下令抓人。

2月下旬的一天，在铁工厂中午下班时，军警突然封锁了铁工厂大门。王尽美、杨宝昆、赵春生三人被叫出车间，刚一出来，就被军警围上了。

杨宝昆和赵春生都是铁工厂的老人，军警并没有直接询问，而是直接将王尽美拉了过来，问："你是王尽美吧？"

王尽美很机警，脱口而出："我不是王尽美，我叫刘瑞俊。"

军警又问他什么时候进的厂，师傅是谁，王尽美对答如流，毫无破绽。

军警头目一挥手："都给我带走！"

杨宝昆问："为什么抓我们？"

军警头目说："甭问那么多了，怀疑你们是共党，带头捣乱。"

王尽美说："我们都是厂里的工人，这里所有的人都可以作证，我们不认识什么共党！"

"到衙门里说去吧。"

军警们将王尽美三人抓走了。现场的工人看着他们上了警车，急忙跑去工友俱乐部找崔玉书。

在工人代表中间，崔玉书识文断字颇有谋略，是大家心中的"神机军师"。

正在工友俱乐部里工作的崔玉书，看见佟惠亭突然从外边跑进来，急忙问："怎么了？"

佟惠亭急得满脸通红，喊道："出大事了，杨宝昆、赵春生、刘先生被警察抓去了。"

崔玉书说："别着急，先坐下来说说是怎么回事。"

佟惠亭把经过说了一遍，崔玉书略一沉吟，说："惠亭，你现在马上去多召集一些人过来。人多力量大，我们把人集合好了，马上去县衙。"

佟惠亭问："去政府干啥？刘先生他们被抓到警署去了。"

崔玉书说："我们去找县长，让他发话放人，他要不放，咱们就围住他，不让他出来。"

群 起 救 人

很快，佟惠亭、崔玉书就带着俱乐部的几个骨干赶到县衙大门口。

县长张光照和工人打交道的时间也不短了，当时安体诚帮助工人写的成立工友俱乐部的禀帖，就是这位县长同意照准的。前一阵子卧轨截车的时候，也是这位县长跑到了铁路上进行调停。

工人们对县衙和县长都是熟悉的，县衙大门的看门人也认识为首的几个工人代表，见他们来了，吓了一跳。急忙跑去找人。

县衙里走出了一个人，不是县长，自称是县里管事的一位所长。工人芦长顺喊道："我们要见县长！"

这位所长问："哪位可以说话的，借一步上来说话！"

崔玉书走上前来，所长问贵姓，崔玉书回答说姓崔，所长马上满脸堆笑，上前握手说："我也姓崔，咱俩同姓，五百年前是一家。"

崔玉书说："不管姓什么，这事你管不了，今天我们来了这么多人，必须要见县长，不答应要求，我们不会走的。"

崔姓所长无奈，只得进去禀报，不一会儿出来说，请工人代表进去，县长答应和他们谈谈。

于是崔玉书、佟惠亭、芦长顺、杜希林、宁潜湘等人进了县衙，见到了县长张光照。

张县长明知故问，问他们所为何事。崔玉书把事情说了一遍，宁潜湘大声地说："张凤祥是官报私仇，把家里的矛盾引到无辜的工人兄弟身上，你们警署不查实就抓人，这世上还有王法吗？"

张县长说:"这杨宝昆一贯聚众闹事,还宣传赤化,我们是奉上面的命令抓这种捣乱分子的。"

佟惠亭反驳道:"我们成立俱乐部是你们批准的,连京奉铁路局都承认我们是正当团体,怎么叫聚众闹事呢?如果没有记错的话,当时就是您签了字同意的。我们罢工要求惩治把头恶霸、改善生活条件,是为了自己的生存,跟赤化有什么关系?你们在答复我们罢工条件时,许诺不会随便惩治工人,现在你们不与俱乐部打一声招呼就抓人,你们说的话,算不算数?"

张县长哑口无言。于是他一面表示要派人调查,稳住情绪激动的工人,一面暗示手下人马上叫警署派警察来震慑工人。很快几十名持枪警察封锁了县衙大门和院子。

张县长看到救兵来了,得意地说:"你们不要感情用事,人我已经抓了,还需要审查才知道真伪,你们回厂里干活去吧。审问过后,我会通报结果的。"

佟惠亭坚定地说:"我们既然来了,就不怕你们的枪刺(刀),请你们把人放出来,否则一切后果由你张县长负责。"

张县长两手一摊:"事情没有查明之前,我没有权力放人。"

佟惠亭冷笑一声:"就连天津卫的铁路局我们都去过,怎么到了咱们县里,大家都是熟人,这事还说不通了。"

在言语较量的过程中,宁潜湘悄悄地溜了出去。

宁潜湘出去没多久,突然大门外就响起了震耳欲聋的叫喊声,张县长抬头一看,只见400多名手持棍棒、锹镐的工人潮水般涌到县衙门口,把胡同都挤得水泄不通。

工人们高喊:保护劳工!还我工友!自由万岁!宁潜湘冲在最前面,满腔义愤地说:"宁撞金钟一下,不敲尿罐子一百棒子,宁可我们死,今天也一定得让他们放人!"

工人们高喊起来:"放人!"

刘武等人手举罢工时工人纠察队的大旗,带着纠察队人员闯进县衙。

工人们指着张县长鼻子问道:"警察为什么抓工人?你当县长为什么不替老百姓着想?你算什么官?"

张县长被工人们的气势震慑住了,但看到旁边有这么多警察,仍强自镇定:"吴大帅早就下令镇压一切聚众闹事活动,我对你们已经够宽容的了,你们还要怎么样?不要惹急了政府,没有你们好果子吃的!"

佟惠亭指着外面愤怒的工人说:"县长大人,您也看见了,如果警察不放人,我们还会截火车、罢工的!"

工人们喊道:"还要砸烂你这衙门口。"

听到"截火车""罢工"几个字,张县长脸上不禁沁出冷汗,不久前工人罢工截火车的场面再次出现在他眼前,当时他为此险些丢了乌纱帽,听到这话不由得胆战心惊。

他一边擦着头上的汗,一边示意工人们安静下来:"我们可以谈判,可以谈判。"

佟惠亭说:"只要放了人,不需要谈判,我们就马上走。"

崔玉书说:"对,该复工的复工,该回家的回家。如果不答应我们,我们可要号召大家行动了!"

张县长当即命人把警察局局长叫来。

警察局局长一来,张县长就说:"今天的事可能是有些误会,马上把抓来的几个人放了吧。"

警察局局长一见到这阵势,马上明白了,强装笑脸,借坡下驴:"既然是误会,县长又发了话,我马上放人。"

数百名工人在警察署大门外等待着王尽美他们出来。过了一会儿,大门打开，王尽美、杨宝昆、赵春生笑着走了出来，工人们高喊：我们胜利了！工人胜利了！

佟惠亭对王尽美他们说："刘先生，大家听说你们被警署的人抓走了，连午饭都没有吃，马上就来营救你们。"

大家紧紧簇拥着王尽美他们，他们三人双手抱拳，不停地向工友们表示感谢。

佟惠亭说："只要我们工人团结起来，就没有做不成的事。"

情 洒 榆 关

月夜，万籁俱寂，整个古城如一个沉睡的巨人。偶尔的几声鸟鸣，像是这巨人发出的轻轻的呼吸，似乎在提醒人们，他只是暂时的酣睡，随时可能被唤醒。

刘武和杨宝昆，一前一后，来到周家沟22号的门前。

他们打开房门进了屋子，点着灯，坐了下来。

两人沉默片刻，刘武开口了："宝昆哥，真的没有别的办法了？"

杨宝昆点点头，说："嗯，只能这么办了。"

"唉，我们工人刚刚有些地位，生活刚刚好一点儿，还想跟着他再好好干呢。"刘武说。

"我知道。可是现在的形势太危险了，如果军警对我们开火，这里会变成另一个郑州。"杨宝昆说。

刘武不再说话了，心里像压了一个铁疙瘩，沉甸甸的。

这时，有人敲门，他们打开了门，王尽美出现在他们面前。

王尽美进了屋，寒暄了没几句，鲁懋堂、宁潜湘、佟惠亭、寇文德、任荣华等人也来了。

大家坐下后，杨宝昆站起来严肃地说："今天的会议就说一件事，为了保证刘先生的安全，要请他马上转移到外地。"

屋子里一片寂静。

王尽美说："宝昆同志的好意我知道，但这个时候我觉得我是不能走的。一是没有上级的指示，我没有任何理由随便离开党组织指定的工作岗位;二是我还没有完全暴露,他们只是猜测我是共产党员,并不知道我的身份;三是即使他们知道了我的身份,我还可以不公开活动,在背后支持大家的工作。"

杨宝昆说:"刘先生,山海关县衙和警署已经盯上你了,只是今天慑于工人们的威力,才不得不放你出来,但是留在这里并不是长久之计。为了党的事业,你必须离开山海关。"

刘武的眼里含着泪:"刘先生,我还记得入党的时候,你对我说的话,你让我好好干!其实我真的很想和你再好好干一场。自从你来到山海关,我和你在一起的时间最长,受你的教育也最多,你现在不仅是我们在座人的主心骨,更是我们整个工厂工人的主心骨。我虽然舍不得你走,但是我同意宝昆同志的建议,这也是我们大家的意见。党的事业需要你,所以你不能出事,一定要转移到一个安全的地方。"

看着大家满是泪水的脸,王尽美的眼眶也湿润了。他缓缓地点点头:"好吧,我同意组织的意见,暂时撤离。"

千言万语,无尽的离愁别绪,堆积在所有的人的心里,但时间紧急,来不及一一诉说,所有的伤感都凝聚成一句:"保重。"

王尽美说:"同志们,我相信我们只是短暂的告别。山海关铁工厂的工人们是好样的。今后的斗争肯定会更危险,更艰苦,但我们一定会成功的,我们一定能够像苏维埃的工人一样,会有当家作主的那一天。有一天中国富强了,中国老百姓活得像个人了,再也不受洋人、富人、当官的、恶霸流氓们欺负了,我们的目的也就实现了。我的名字叫瑞俊,可是我后来还改过一个名字,在我改的这个名字里有一个希望,希望有一天我们中国会变得尽善尽美,会在我们的手中变得尽善尽美。"

无数的画面在大家脑海中浮现,办俱乐部,斗赵璧,露天大会,闹罢工,建立党小组……

接下来，大家开始商量如何安全送出王尽美。现在的情况，大摇大摆地走是不可能的。上次的营救行动之后，工友俱乐部外面已经遍布密探和军警，这也是今天把会议放在周家沟这个远离城区的地方的原因。王尽美必须要秘密转移才行。

最后，大家终于商量出了一个觉得非常可行的办法。

散会后，在大家都离去的时候，王尽美把鲁懋堂单独留下。

鲁懋堂在这次罢工活动中表现出色，成长很快。山海关京奉铁路工友俱乐部成立时，鲁懋堂被选为俱乐部委员，主管经济工作，并担任秘密工会委员。罢工胜利后，经王尽美、陈为人介绍，加入了中国共产党。

"小老弟啊，这一次，我得给你一副重担了。"

王尽美对鲁懋堂提出要求：以后，山海关与北京来往联系的工作由鲁懋堂负责。王尽美把与上级党组织联系的人员、地点、方法交代给鲁懋堂。

王尽美说："我相信你有能力，也一定会把这里的工作继续搞好的，经过这一阵子的事，佟惠亭、杨宝昆、刘武等同志也很危险，你们都需要注意自己的安全，如果这几位同志需要撤离，你就留下来，做好这里的工作。"

王尽美的信任让鲁懋堂十分感激，而事实也证明了，他并没有辜负王尽美的这份信任。在王尽美走后，他接过铁工厂党的负责人的担子，做了大量的工作。

1923年3月下旬的一个夜晚，一名与王尽美身材相似的青年，穿着王尽美常穿的灰布长衫，从庆福里的工友俱乐部出来，在刘武、崔玉书等人的护送下，背着行李，向石河方向走去。守在门口的特务们马上跟了上去，紧紧尾随他们而去。

然而真正的王尽美化装成了油工，由杨宝昆、鲁懋堂、寇文德、刘鹏、王桂林等人护送,从周家沟的鲁懋堂家离开,经鼓楼、出罗城、过东水关,转道又绕回火车站。车头房司机寇文玉正在车站等着他们。王尽美换上了寇文玉拿来的工作服,在寇文玉的保护下,乘夜间10点10分的快车前往北京。

当特务们跟着王尽美的替身追到石河时,真正的王尽美已经踏上了火车。

火车开动的时候,王尽美望着窗外,古城的城楼在夜色中依稀可见。"再见了,古城!"他在心中默默地和山海关道别。

此刻,李大钊说过的那句话突然回荡在王尽美耳边:

"试看将来的环球,必是赤旗的世界。"

护送王尽美的几个人,静静地伫立在站台上,犹如几座雕像,一直目送火车远去,最后变成了一个黑点……

而他没有想到的是,在山海关和工友们一别后,竟再没有踏上过这片土地。

天 各 一 方

"二七惨案"发生之后,工人运动陷入低谷,军阀政府对共产主义革命者、工人代表的迫害日益加剧。

山海关铁工厂也未能例外,王尽美走后,工友俱乐部的骨干,也都上了敌人的通缉名单。

这天一大早,杨宝昆敲开了鲁懋堂的家门,告诉他:"我要撤离了。"

鲁懋堂吃惊地问他:"你也要走了?"

"对,这是组织的要求,刘武也要和我一起走,按照尽美同志的嘱托,我走以后,这里党组织的工作由你接管。"

"佟哥呢?"

"他也得走,在吴佩孚下发的通缉令上也有他,他也得撤离。但是具体去哪里,组织还没有安排,我们得先走了。"

鲁懋堂沉默了。

杨宝昆拍拍他的肩:"以后一切都要小心,工友俱乐部的委员可能都要转移,你留在这里,要辛苦一些了。"

杨宝昆在临走的时候,叮嘱鲁懋堂,他走以后,作为山海关地区党组织的负责人,要及时和上级取得联系,接受组织指派的各项任务。

杨宝昆、刘武走了,没过多久,佟惠亭也来找鲁懋堂,告诉他,接到指令,转移至东北。

"小鲁,我走以后,一切靠你了。多保重。"

随后,是一个又一个人的离开,杜希林、李连生、王庆云、任荣华等人都前往了沈阳,在当地的工厂里打工。

工友俱乐部热闹的场面不见了,夜深人静的时候,鲁懋堂倍感孤独,他想念战友们,想念人生路上的导师和指路人王尽美。但现在,他只能试着学会自己去面对所有复杂的问题,试着成长,成长为一名和王尽美一样坚定的共产主义战士。

杨宝昆走了以后,鲁懋堂和北京的上级开始进行书信联系,为了不让书写的文书被别人检查出来,他更换了好多名字,除了鲁懋堂的真名外,还用过鲁子辰、鲁子云、鲁云波。为了防止通信的内容被人发现,他还使用过化学药水,把文字隐藏起来。

即使在最危险的时候,上级组织也通过邮局寄送过给工人看的资料、刊物,如《工人周刊》《红旗》等杂志,为了防止这些刊物被发现,都是先在南关的一个叫涌沅的金店寄放,再转到工人的手中。

《工人周刊》

尽管一直小心谨慎，但最担心的事情还是发生了。新一轮的通缉令又下来了，鲁懋堂的名字也赫然列在其中，这意味着他必须要转移了。

上级党组织下达指令，要鲁懋堂迅速去北京报到，汇报山海关情况，做好转移和安置工作。

临行之前，鲁懋堂把王桂林叫到一边："桂林，我走以后，这里就靠你了！"

同样的嘱托，同样的寄语，这一次，鲁懋堂把接力棒交给了年轻的王桂林。王桂林也是山海关党组织的成员，因为行动隐秘，一直没有暴露。

"鲁哥，城里的人都在找你，你抓紧走，千万别让他们抓到你。"王桂林一脸担心地说。

鲁懋堂要王桂林放心。和王桂林分手后，他离开古城，前往郊区大刘庄，在那里躲了起来。而这时，探子已经发现鲁懋堂离开了，四处搜查，但是找不到他。

十几天以后，风声渐松，鲁懋堂又潜回城里，找到了工人委员窦文德。这个人是负责接应他去北京的。两人揣着5元钱的经费，连夜赶到车站，前往北京。

坐了一夜火车，到达北京时已经是深夜2点，两人找了一家小旅馆住下。天一亮，他们就动身出发了，去寻找当时正在北京的张昆弟。

张昆弟接待了鲁懋堂两人，并且告诉他们，作为上级领导，张国焘同志很关心山海关的情况，要他们稍事休整后，准备向张国焘报到。

对鲁懋堂来说，无论是张昆弟还是张国焘，都是大名鼎鼎的人物。张国焘在工人中间名气很大，不但因为他曾任中国劳动组合书记部主任，还因为他曾是《劳动周刊》主编，这份周刊，曾经是工友俱乐部里发动群众、教育群众的主要读物。

在张昆弟的引见下，鲁懋堂见到了慕名已久的张国焘，向他介绍了山海关现在的情况，以及党小组各自成员的去向。张国焘听了他的汇报，对鲁懋堂的去向问题，进行了思考。在这种情况下，鲁懋堂不可能再回山海关了，留在北京也不太合适，那去哪里呢？

必须要去一个通缉令到达不了的地方，想来想去，最合适的只有东北这一边了，那是奉系的天地，直系的命令到不了那儿的。

为了安置鲁懋堂，张国焘找到熟悉的苏联大使加拉罕，让他作担保，介绍鲁懋堂去遥远的北方城市哈尔滨，继续进厂当工人。

张国焘叮嘱道："哈尔滨大厂，就是你将要去的地方，那里有我们的同志在等你。你到了那儿之后，去找一个叫卜子俊的人，他会帮你安排工作，以后你要听从他的领导。"

张国焘安排好了这一切，鲁懋堂立即动身，前往哈尔滨。

从北京到哈尔滨，是一段漫长的旅程。透过车窗，可以看见冬天过去了，春意已经浮现在窗外一闪即逝的风景里。枝丫绿了，草儿长了，花儿红了，山野间吹来的风，不再是凄冷凌厉的，而变得和谐温柔。鲁懋堂不知道今生是否还有机会能够再回到那个让人魂牵梦萦的古城，是否还有机会见到那些同生共死如今却天各一方的战友们，是否还能和他们一起并肩作战。

血 汗 桥

1923年5月,铁工厂工友俱乐部被迫关闭了。

工友俱乐部的骨干大多数已经撤离了,但还有上千名工人仍然保留着会员的身份。

俱乐部关闭了,有人盯上了俱乐部的剩余财富——会费。

俱乐部建立后,得到了工人们的热烈支持,为保证俱乐部的各项工作和活动正常进行,工人们积极缴纳会费。当时工人缴纳会费的标准是每人每月一天工资的一半。会费的使用除了俱乐部的各种活动开支和援助困难工人生活外,还曾经支援过唐山工人和长辛店工人的斗争活动。

到俱乐部被封闭时,还剩余1000多元会费,驻扎在山海关的直系军阀头目迟程久听说了这笔钱后,千方百计想私吞。封闭工会后,迟程久马上命工人交代这笔钱的下落,想搜刮到自己的手里。

为了不让这笔钱落入军阀的私人口袋,经请示中国劳动组合书记部,工人们决定在山海关南关用这笔钱修建一座桥。修建这座桥的目的是让后代永远记住先辈们的斗争事迹。

说干就干,工人们马上雇人、备料、开工,迟程久还没有追问出钱款的下落,这笔资金就用在建桥上了。修建时,大家常一起商量起什么名字好,当时工人们把这座桥称为工人血汗桥。

大桥即将建成时,迟程久又生一计,下令要工人们在桥上刻上"迟程久修建",以证明这座桥是他修建的。

工人们岂能用自己的血汗钱为军阀个人表功,一致予以坚决拒绝,但迟程久态度强硬,于是工人们经过集体商议,抢先在大桥上刻上了"南关洋灰大桥"的字样。

迟程久没想到工人们竟然抢先在桥上刻了名字,虽然恼怒,但也无计可施。

这座桥承载了一段历史的记忆,是纪念山桥工人罢工的一座纪念碑。

第七章

涅槃重生

"野火烧不尽，春风吹又生。"当吴佩孚随着第二次直奉战争的枪声远去的时候，那些对工人运动的禁令便渐渐失效，具有顽强生命力的红色种子便又成长壮大起来，开始谱写新的篇章。山海关特支的建立，就是这一地区党组织涅槃重生的标志。

新 的 转 机

1923年6月12日，中国共产党第三次全国代表大会在广州召开，会议的中心议题是讨论与国民党合作、建立革命统一战线的问题。

党的三大所确定的建立国共合作革命统一战线的策略，促进了第一次国共合作的实现，使共产党活动的政治舞台迅速扩大，也加速了中国革命的步伐，为波澜壮阔的第一次大革命作了准备。

党的三大之后，在中国共产党的支持和帮助下，孙中山对国民党进行了改组。1924年1月，国民党召开了第一次全国代表大会，确立了"联俄、联共、扶助农工"的三大政策，形成了统一战线的合作局面。

王尽美以个人身份加入了国民党，并出席了国民党一大。

1923年3月，王尽美离开山海关后，重返山东工作，任中共山东省地方执行委员会书记。党的三大之后，他坚决执行党中央的决定，促进国共合作。

在国民党一大上，王尽美见到了仰慕已久的孙中山，孙中山也非常器重这个年轻的、充满斗志的青年，两人相谈甚笃。此后，王尽美又以孙中山特派员的身份，公开进行革命活动。

王尽美坚信，革命虽然面临低谷，但三大以后，中国共产党又找到了破茧重生的机遇，涅槃的时刻，一定会很快到来。

事实证明，他的预感非常准确。一场军阀混战给共产党人的革命道路带来转机。

1924年9月，直系江苏军阀齐燮元与皖系浙江军阀卢永祥为争夺地盘，爆发了江浙战争。9月3日，张作霖通电谴责曹、吴（即直系）攻浙，并以援助卢永祥为名，组织"镇威军"，自任总司令，将奉军编为6个军，总兵力约15万人，于9月15日分路向榆关（即山海关）、赤峰、承德方向进发，第二次直奉战争爆发。

第一次直奉大战，直系取得胜利，而这一次发起战争，张作霖总结经验，起用郭松龄、张学良等少壮派军人，以强大的军事实力和训练有素的作战部队，进行反击。为抗击奉系军阀的进攻，曹锟于9月17日发布讨张令，任命吴佩孚为讨逆军总司令，以王承斌为副总司令兼直隶筹备司令，总兵力近20万人，依托长城组织防御。

直军企图从海上登陆葫芦岛，合围奉军，但由于奉军海军的抵抗，更重要的是英国进行了干预，使直军被迫放弃了原计划。这一事件直接导致了直军丧失了战争主动权，陷入被动。

9月15日到22日，奉军由阜新、通辽向直军防地攻击前进。奉军在攻占开鲁、朝阳后，又乘胜向凌源发起进攻。接着，奉军的骑兵队也由彰武出动，陆续攻占直军控制的建平、赤峰等地。

直军原本在吴佩孚的率领下，想决一死战，但没料到后方失火。直军第三军司令冯玉祥，因不满吴佩孚排斥异己，正与援军第二路司令胡景翼、北京警备司令孙岳等密谋倒戈，在古北口一线按兵不动，最终导致长城重要关口九门口失守。

九门口失守后，直军的长城防线被打开了一个缺口。吴佩孚急调后援部队开赴前线，一度曾将九门口夺回。但在奉军的全力反击下，又被再度攻占。10月9日，奉军攻占了赤峰。15日，赤峰被赶来前线的直军第三军二部夺回。在前方打得不可开交之时，冯玉祥在古北口举行会议，认为倒戈回京的时机已到，便电告孙岳，叫他迅速将驻防大名的军队调至北京南苑，同时下令部队，于10月19日回师北京。

23日，冯玉祥、胡景翼、孙岳等人联名发出了呼吁和平的电文，发动"北京政变",推翻了直系贿选总统曹锟的统治,占领了北京。25日,冯玉祥等人在北京北苑举行会议,决定组织中华民国国民军。10月28日,奉军攻占滦州,截断了榆关直军的退路和榆关到天津之间的交通线,直军纷纷溃退。10月31日,奉军占领了榆关和秦皇岛,直军主力丧失殆尽。

吴佩孚见大势已去,率残部2000余人由塘沽登舰南逃。张作霖、冯玉祥等在天津曹家花园召开会议,决议成立中华民国执政府与善后会议以取代国会,并推举段祺瑞为"中华民国临时执政",统总统与总理之职。之后政权落入奉系军阀手中。从此直系军阀退出北京政治舞台,北洋政府开始了张作霖时代。

直系军阀的失败,直接结果就是直系统治时颁发的禁令、通缉令纷纷失效,这为山海关地区的革命活动提供了新的机遇。

重 整 旗 鼓

鲁懋堂到达哈尔滨后，与当地共产党领导人卜子俊接上了头，在哈尔滨大厂 36 棚当了工人。

1924 年第二次直奉大战结束后，一天下午，卜子俊突然找到鲁懋堂，告诉他一个消息：他可以回山海关了。

闻此讯息，鲁懋堂一脸惊喜，问："这是真的？"

卜子俊说："是真的。张作霖上台后，把吴佩孚在位时制定的政策都取消了，包括通缉令。对你们的通缉也都失效了，所以你回去也不用担心他们抓你了。要你回去，这也是组织的决定，张特立（张国焘）同志还亲自写信来了。"

卜子俊拿出张国焘的秘信，信中说明，革命形势发生新变化后，上级组织决定让鲁懋堂重回山海关开展工作。

看着这封信，鲁懋堂难掩激动之情，卜子俊将手伸过来，说："懋堂同志，看来我们也到了该说再见的时候了。"

鲁懋堂握住了他的手，两人用力地握了一下。他心中的千言万语凝聚成一句话："子俊同志，谢谢你这些日子对我的照顾。"

鲁懋堂离开了哈尔滨前往北京接受任务。初到哈尔滨时，他原以为有可能会在这里躲很长时间，没想到不到一年的时间又可以重回故里，这令他心潮起伏，对未来充满憧憬。

在北京，张昆弟接见了他："懋堂同志，没想到咱们这么快就见面了。"简单寒暄之后，张昆弟马上部署工作，要鲁懋堂回去之后，尽快把山海关的党组织恢复起来，开展党的工作。

"昆弟同志，非常感谢党组织对我的信任，但是我很年轻，可能没有经验，真的害怕辜负组织的重托。"

"你是尽美同志推荐的人，我们相信你的能力。你放心，你先回关城，我们稍后也会过去，帮你理顺工作。"

鲁懋堂激动地说："太好了，你们能去，我就有主心骨了。"

1924年2月7日，全国铁路代表大会在北京召开，成立了中华全国铁路总工会，会议决定为恢复工人运动而斗争。大会结束之后，根据铁总党组织的决定，要成立山海关特别支部，直接受中华全国铁路总工会党组织的领导。带着党组织的重托，鲁懋堂返回阔别多日的山海关，完成建立特支的任务。

踏上古城的土地，再见到燕山、石河、长城，鲁懋堂心情激动。他刚落脚，连家也不回，就直接奔向一个地方。

来到一户民居前，鲁懋堂敲了敲门。门打开了，里面传来一个激动的声音："鲁哥，你回来了！"

"桂林兄弟，我回来了，这次咱们可以一起战斗了！"

两个人激动地拥抱在一起。鲁懋堂问王桂林铁工厂的情况。王桂林向他简单介绍了一下，俱乐部被关闭后，官方及其走狗，利用各种各样的方式拉拢、打击、分化，确实有一些同志经不住考验，成了逃兵。比如当时的骨干人员刘长安、高贵林被厂方收买了，还有石俊凌、樊宝镜等人也开始反对俱乐部活动。

不过，王尽美发展的党员们，表现出了优良的党性，他们一直在秘密组织活动，发展会员。

"这次我回来，上级党组织要我们成立特支，由全国铁路总工会领导，我们的工友俱乐部马上就可以回来了。"

鲁懋堂说起了在北京接受任务的情况，王桂林十分高兴。鲁懋堂又问:"我走的时候,那些留下来的兄弟们都还在吧?"

"都在,他们还不知道你回来了,知道了都得乐得跳起来。"

"把他们组织起来,尽快见个面。特支以后就靠大家了。"

"好,咱们先和明年见个面去,你走后,他总念叨你。"

王桂林和鲁懋堂又找到了当年的工友楚明年。楚明年是天津人,在山海关铁工厂当钳工,为人正直,禀性刚烈。1922年8月,铁工厂成立工友俱乐部后,楚明年通过在夜校学文化,思想认识有了很大的提高,成为化解天津帮派的重要骨干,他也参加过山海关铁工厂第一次大罢工,是山海关分会的一名骨干会员。

见到鲁懋堂,楚明年十分高兴,听说要在山海关建组织,马上举双手赞成:

"工会俱乐部被封了,我心里老憋闷了,你能回来太好了,你说咋干,咱就咋干!"

王桂林迅速把宁潜湘、刘朋、寇文德、赵有生等骨干叫来,在周家沟鲁懋堂的家中商量下一步的工作。

大家觉得,鲁懋堂这次回来,铁工厂是肯定回不去了。现在最需要解决的是生计问题,必须要找一个工作,能养活家人,也方便再以工人的身份出现,组织大家活动。

在大家的帮助下,没多久,工作的事就有了着落。鲁懋堂先在铁路做临时工,后在朋友的推荐下,鲁懋堂考进了山海关邮电局,以一个全新的身份,重新领导地下党组织。

1924年11月,党组织派张昆弟、吴汝明来到山海关,宣布建立中国共产党山海关铁路特别支部,特别支部直属中国劳动组合书记部北方分部领导,并任命鲁懋堂为山海关特支书记。

特别支部的组织人员为:书记鲁懋堂,组织委员王桂林,宣传委员寇文德、刘朋,联络委员徐金明,厂方委员宁潜湘,交通员田辅仁。

其中，交通员负责往来传递信件，同时负责与唐山党组织联系。特支共有8名党员，分别是：鲁懋堂、王桂林、寇文德、林茅新、刘朋、宁潜湘、徐金明、王国清（其中鲁懋堂是邮电局的，王国清是车头房的，其他的人都是铁工厂的）。

特支一开始直接受劳动组合书记部北方分部领导，由于后来组织机构变化，中共山海关铁路特支又先后接受顺直省委、唐山地区党组织领导。特支的主要任务是：发展组织、壮大力量、积极恢复工人夜校、团结工人、建立工会、组织工人学习党的方针政策、开展经济斗争和政治斗争。

1924年，特别支部的成立，使共产党领导的工人运动在山海关铁工厂又开展起来。

再 开 夜 校

虽然王尽美离开了山海关，俱乐部的牌子也被撤了下来，但王尽美的形象已经在山海关铁工厂的工人心中扎下了根，特别支部的活动让工人们感觉王尽美仿佛又回来了。最让工人们有这种感觉的事，就是夜校恢复了。

恢复夜校是山海关特支成立后的第一项重要工作，也是恢复工会组织的第一步。通过夜校向工人秘密宣传党的主张和一些方针政策，是王尽美留下的优良传统。参加夜校培训班的有党员和可靠的积极分子，每天晚上坚持学习 2 个小时，通过组织学习《工人周刊》《北方红旗》《二七工人》等刊物和内部材料，提高工人的文化水平和觉悟，鼓舞其斗志。特支也希望通过学习培养积极分子，来扩大党的队伍。

办学校需要经费，开始是支部党员大家自己来解决，后来发现因为工友俱乐部解体，经费支出很困难，于是鲁懋堂亲自到北京向张昆弟汇报这件事。中央同意每月向山海关夜校提供 13.5 元的经费，解决了夜校经费不足的问题。

有了经费，夜校就办了起来。鲁懋堂借唐山党组织负责人李培良、北京派来的刘玉堂和王玉山等来山海关指导工作的机会，让他们来夜校讲工人运动的情况，振奋工人的革命精神。

每天晚上，夜校的灯光，如航标一般，吸引着工人们的脚步。大家来到这里，如同海绵被扔进大海里一般，如饥似渴地学习渴求已久的知识。几位老师从教识字班开始，一点点地将马克思主义渗透进工人的头脑中。

刘玉堂一来山海关就住在鲁懋堂家里，让鲁懋堂给他找来一件工人的衣服。

脱去了长衫，换上了工装，刘玉堂问鲁懋堂："这回看上去，我是不是和你们都是一样的？"

鲁懋堂竖起大拇指："您完全就是一个工人的样子。"

一副工人打扮的刘玉堂，一来到课堂上，就引起了工人们的好感。刘玉堂本人长得结实强壮，性格质朴，不像个教书先生，倒像个农夫。他介绍自己的方式也很特别，他说自己不喜欢别人叫他先生，可以叫他的小名，他的小名叫铁牛。

一个铁牛的称呼，一下子就拉近了他和大家的距离。工人们十分喜欢铁牛老师的讲课，因为通俗易懂，接地气，都是大实话，既生动又深刻。

夜校的恢复，很好地促进了特支各项工作的开展。

特支每周召开一次党员会议，传达上级党组织的方针政策，讨论研究铁工厂的情况和党支部的各项活动等问题。

1925年秋天，一个人灰溜溜地离开了铁工厂，他就是厂长博曼。

被工人称为"老包""老博"的博曼，于1921年到铁工厂任副厂长，一年后，被提拔为厂长。博曼过度依赖陈宏经与赵壁等人，引发工人连续的反抗和罢工。他在任的3年，铁工厂风波不断。

现在，英国人终于对博曼丧失了信心，一纸调令，把这个上台没几年的厂长调走了。

博曼走了，接替他的是中国人郑华。

铁工厂的总监工王化其唆使郑华作出一个决定：消减了工人第一次大罢工所取得的福利待遇。

这下子，让大家心里憋足了火。

鲁懋堂和特支委员们决定发挥特支的作用，发动工人统一行动，起来斗争。工人们推出宁潜湘、刘朋等作为代表，去找王化其据理力争，同时号召工人停工2个小时。

面对工人们的气势，经过激烈交涉后，厂方终于被迫撤销了消减工人已有福利的决定。

1925年11月，因内部矛盾激化，奉系将领郭松龄倒戈反奉，军阀无暇顾及工人运动，同时随着形势发展，形成了南北军阀对峙的局面。中国共产党抓住这一有利时机，不断派人来山海关指导特支工作。在加强思想教育的同时，特支还加强了在工人中的组织工作，主要是通过党员或党的积极分子，去组织工会秘密小组。

由于党员的积极活动，不久就在铁工厂建立了4个秘密小组。各秘密小组的出现，是山海关工会活动秘密恢复、山海关地区铁路工人运动复兴的标志。

1927年夏，经鲁懋堂介绍，特支又吸收铁工厂乔振海、楚明年，山海关铁路机务段王国清等5名工人加入中国共产党，壮大了党的力量。铁工厂青年工人康玉琪和赵有生2人加入了中国共产主义青年团。1929年7月30日，顺直省委给中央的报告中说："山海关支部很好，现有同志13人，铁路大厂11人。"

新 的 对 手

1927年4月12日，以蒋介石为首的国民党在上海发动反对国民党左派和共产党的武装政变，大肆屠杀共产党员、国民党左派及革命群众，使中国大革命受到严重的摧折。这一事件，宣告了国共两党第一次合作失败，是大革命从胜利走向失败的转折点。

面对这一突发情况，中华全国铁路总工会党组织派张昆弟来山海关指导特支工作。

张昆弟来到山海关后，对山海关特支的工作给予了极大的肯定，同时指出，"四一二"之后，白色恐怖更加严重，而国民党也认识到了中国共产党人在工人中间的作用，正在想方设法渗透到工人中间，大家一定要万分小心。在这个情况下，特支的安全和稳定非常重要，既要发挥特支的作用，又要确保特支不能轻易暴露，决不能被扼杀和摧毁。

从山海关特支建立到第一次国内革命战争结束，特支没有组织大规模的群众斗争，而是根据当时所处的具体环境（奉系军阀统治），扎扎实实地进行群众工作和党的建设，使党扎根于群众之中，从而获得了更加深厚的群众基础。因此，当蒋介石和汪精卫举行反革命政变，疯狂镇压工人运动，残酷屠杀共产党人的时候，山海关地区党组织不但没有遭到破坏，反而完整地保存下来，在新的历史条件下，还能继续坚持斗争。这是非常难得的。

而国民党为了拉拢、分化工人，也开始成立工会，来对抗我们的组织。他们成立的工会,被称为黄色工会。

黄色工会是一个舶来词。1887年,法国蒙索明市一个厂主为阻止工人罢工,私下收买了工会。于是工人们愤怒地砸碎了工会会所的玻璃窗,工会组织就以黄色纸裱糊挡风遮阳。从此,工人们就称其为见不得人的黄色工会。

大革命走向低谷后,工人运动遭受到极大的挫折,大部分工人领袖和积极分子惨遭杀害和逮捕,工人毫无政治权利和经济保障,国民党乘虚而入,在各工厂成立了不少具有两面性、欺骗性和御用性的工会。这些工会的特点是,政治上受国民党指挥,经常借工会之名,行政治压迫之实,其成员是国民党指定的所谓"忠实同志",只有上层机关而没有下层组织,其目的是控制和压迫工人斗争。

党组织要求特支:你们要密切关注黄色工会的动向,千万不能让工人兄弟们上他们的当。要采取积极灵活的斗争策略,我们可以打进他们内部,为工人争权利,让工人们看到他们的本质,逼他们现出原形。

张昆弟等人的到来,也为特支带来新的任务,那就是防止黄色工会的渗透与夺权,要与黄色工会斗争。

第八章 智斗黄色工会

1929年5月,国民党在山海关铁路成立了黄色工会,特支根据铁总关于职工运动决议案中的斗争政策,将部分共产党员和积极分子派入黄色工会内部直接进行斗争。与黄色工会的斗争,也成为山海关铁工厂早期党组织在最危险的时刻,与敌人斗争的一个光辉的事迹。

渗 透

国共合作破裂后，蒋介石率领的北伐军连战连捷，先是打垮吴佩孚主力，紧接着又击溃了号称"五省联军总司令"的孙传芳，蒋介石继续北伐。1928年6月3日，张作霖被迫退出北京，4日，日本关东军将张作霖乘坐的列车炸毁，制造了"皇姑屯事件"，张作霖因此重伤，不治身亡。

1928年12月29日，张学良冲破日本帝国主义的阻挠，联名通电全国，称："仰承先大元帅遗志，力谋统一，贯彻和平。已于即日起，宣布遵守三民主义，服从国民政府，改易旗帜。"是日起，东三省一律改悬南京国民政府的青天白日旗，即为"东北易帜"。至此，北洋军阀在中国的统治历史宣告结束，国民党政府在形式上"统一"了全国。

各地官僚政客、工贼等纷纷建立黄色工会，由于工人们对他们建立的工会并不了解，所以入会的工人很少。于是，他们便采取欺压瞒骗等手段强拉工人入会。

共产党人对此早有准备，在《中央通告第四十七号》中指出："中央现在的策略，黄色工会如果是有群众的时候，我们必须加入里边去活动，以公开的地位接近其群众，领导他们作日常斗争，从斗争中揭破黄色工会的假面具，获得其群众。至于宣传方面，我们当然要公开地批评黄色工会的欺骗，但是不能简单地站在群众以外笼统地提出打倒或反对黄色工会的口号。"

1928年6月，中央又发出第54号通告，明确提出了"工人统一战线"问题，要求"深入群众运用工人统一战线的策略"。"有黄色工会或反动工会的地方，并且要注意运用工人统一战线打入他们的群众中去。"同年7月，党在《中央关于城市农村工作指南》中，对"建立工人群众统一战线"作了重要指示，要求积极深入各类有群众的工会，进行广泛宣传，根据他们的要求提出纲领，争取右派工会的群众。必要时，可以用结拜兄弟姊妹等方法组织"左"派运动，推动其群众"左"倾，监督其领袖分子的行动。

1928年，国民党在开滦煤矿成立黄色工会。这是一个标志性的事件，立刻引起了共产党人的关注。

1929年初，按照国民党临榆县党部的旨意，山海关的一伙工贼、把头、地痞流氓也开始筹办组织黄色工会。为揭露黄色工会的本质，维护工人的权益，中华全国铁路总工会派吴汝明到山海关，指导特别支部研究与黄色工会斗争的策略。

吴汝明作出指示："他们成立他们的，我们打入黄色工会，分化、瓦解其组织，为工人利益作斗争。"

1929年2月，山海关铁工厂黄色工会筹备会成立，筹备会幕后由国民党县党部执行。他们选中了一个叫杨玉亭的人负责筹备黄色工会。特支决定让党员王桂林、寇文德，团员赵有生、康玉琪打入黄色工会内部。

1929年5月12日，黄色工会成立，杨玉亭、倪松乔、王树楼、王见宽为执行委员，王树楼任主席。当时有委员12人，入会会员40人。

黄色工会办公地址在山海关南关兴华街菜市胡同的一个大院里，有5间正房，6间厢房。王桂林等人加入以后，每当参加完黄色工会召开的会议后，就立即赶到鲁戀堂家，把黄色工会的内容、决定以及内部的情况进行一一汇报，然后一起研究决定对策。

因为特支的保密工作做得极好，所以杨玉亭等人完全没有发现他们中间有"赤色分子"。这也让特支能够及时地了解黄色工会的所有动态。

冷 对 挂 牌

1929年5月12日，在山海关南关兴华街菜市胡同的一个大院门口，突然挂上了一块儿写着"山海关铁工厂工会"的牌子，接着鞭炮齐鸣，人来人往。

工人们还没有搞清楚怎么回事，就被把头们推搡着来认"家门"。把头们强行把工人拉到了院子内，让大家缴会费。

工人们问："这是缴的什么钱？"

一个把头说："工会的钱，以后在咱这儿上班的人，都得入会，你们没看见牌子上写的吗？这是你们的工会。"

鲁懋堂、王桂林等人也来到了现场。

有工人在一旁询问："这个工会的会长是谁？"

旁边有人回答："听说是杨玉亭。"

这个回答引起一片议论："杨大白话也能当会长？"

"这是谁选的？"

杨玉亭是山海关铁工厂钢梁房的一名工人，平时好吃懒做，靠一张嘴到处坑蒙拐骗，什么缺德事都干，人们送他外号"杨大白话"。

在1922年大罢工期间，他也曾参与过罢工，还担任过钢梁房工会分会委员，"二七"京汉铁路大罢工之后，他看到工人斗争被镇压，便退出了工人组织。此人口碑极差，现在竟然被国民党县党部拉来做黄色工会的头头，大家听了都不甘心。

杨玉亭出来了，王桂林迎上前问："老杨，我们也是工会筹委会的委员，工会今天成立，这么大的事情，为什么不通知我们？"

鲁懋堂也跟着追问："你们也没走选举的程序啊？"

杨玉亭看着他们，不屑地说："我的工会委员那可是县党部任命的。这事还用得着通知所有人吗？还要什么程序？"

王桂林将了一句："你是会长，以后工人的事可就靠你了。"

杨玉亭说："放心吧，我保证替工人说话，为工人办事。"

不一会儿，工会门口就围满了人，看起来很热闹。鲁懋堂与王桂林对视一眼，两人不动声色地跟了过去。

"杨大白话"充分发挥其口才，说了很多漂亮话、大话，还说有了党部的支持，以后为工人办事一定会事半功倍。

对于他说的这些，王桂林都一一记在心里。

为了统一领导各地党组织与黄色工会的斗争，让工人彻底看清黄色工会的本质，中国共产党特别在天津成立了学习班，学习和交流斗争经验，并要山海关特支派人去参加学习。

特支有十几名党员，都具备参加的资格，让谁去更合适呢？想来想去，鲁懋堂决定让赵有生和康玉琪去。

赴 津 学 习

赵有生和康玉琪是特支两个非常有朝气的青年。赵有生18岁时去天津做学徒，2年后进入山海关铁工厂工作。1927年4月，21岁的赵有生经特支书记鲁懋堂介绍加入共产主义青年团，一起入团的还有铸造车间的翻砂匠康玉琪。

黄色工会筹备会成立的时候，在鲁懋堂的安排下，赵有生和康玉琪都加入了黄色工会筹备委员会，成为打进黄色工会中的"自己人"。因为他们本身就在黄色工会里担任委员，所以由他们来参加这次针对黄色工会的学习，是最合适不过的。

鲁懋堂严肃地对他们说："这是一个光荣的任务，你们两人要珍惜，一定要学到真东西回来，回来后把学到的东西传达给大家。"

赵有生觉得十分自豪，说："鲁哥，你放心吧，我去了，决不会让你失望的。"

赵有生和康玉琪以学手艺为名，办好请假事宜，乘火车前往天津。

到达天津后，由一位天津口音的王姓同志接待了他们，他们居住的地方是天津的专发旅馆。后来赵有生才知道，这位同志并不姓王，他真实的身份是天津地下党员任玉田。

这次学习的重点是揭露黄色工会的丑恶面目，与黄色工会斗争的形式和方法，以及黄色工会的相关材料。

这次培训特别对如何渗透黄色工会与其作斗争的方法作了讲述，

包括回去后如何做好宣传、扩大积极分子队伍、采取什么样的斗争手段等,并发了许多宣传文件。

15天的天津学习,让赵有生、康玉琪收获很大。

拒 缴 会 费

工人们听到一个消息,厂方准备把工人罢工胜利取得的福利,例如煤条子、免票、例假、加薪等福利待遇一一取消,特支党员为此召开会议,大家一致认为:要向黄色工会提出,这些福利待遇,不但不能取消,有的还要增加,需要落实14条与工人有关的福利。

在黄色工会开会的时候,杨玉亭等工会负责人面对此要求,采取了拖延和不管的态度,引起了工人的不满。

在这个节骨眼上,赵有生、康玉琪回来了。他们向特支转达了上级党组织关于维护工人利益、反对黄色工会的指示。

鲁懋堂看着他们拿回来的厚厚的一沓传单,说:"这个东西很有用,就当送黄色工会一份大礼吧。"

没几天,山海关的大街小巷都撒满了传单,引起了县衙和黄色工会的极大恐慌。

为揭穿黄色工会"为工人办事"的谎言,特别支部立即研究新的斗争办法,提出让"工人自己管理工会,打倒不给谋福利的委员",决定发动工人向黄色工会争权益、争福利待遇,明确指出:如果黄色工会不为工人说话办事,就证明他们不代表工人利益,就可以让广大工人兄弟擦亮眼睛,看清他们的本质。

在共产党员的组织下,工人们马上向黄色工会提出各项关系到工人切身利益的要求,有的提出让黄色工会为工人争权益、谋福利;有的提出解决厂方无故开除工人、扣罚工资问题;有的提出解决用煤、用水、用电、住房问题；有的提出铁路工人应享有劳动保护问题，等等。

对这些请求，杨玉亭施展了他的"白话"本领，敷衍搪塞说："你们提的问题有大问题，也有小问题。大问题厂长要请示铁路局，铁路局要请示交通部，估计没有个一年半载的报告都批不下来；小问题嘛，我担保很快就会解决，你们耐心等一等。"

对于杨玉亭的这套招数，工人们以一骗、二推、三拖来形容。有工人找到黄色工会的委员们说："就看你们办不办事了，如果一周内不给答复，我们就退会了，你们喝西北风去吧。"

这可是打在了黄色工会的"七寸"上。虽然工会表面上说给工人办事，但杨玉亭清楚，从黄色工会成立那天起县党部也没想给工人办事，他们只是国民党政府控制、欺压、欺骗工人的工具而已。

为此，杨玉亭只能巧舌如簧，尽量拖延。

利用这个契机，特别支部党员深入各家各户，给工人和家属宣讲黄色工会和资本家、官僚们串通一气坑害工人的事实，指出他们根本不会顾及工人利益，号召大家团结起来，发扬当年闹罢工的精神，同黄色工会进行斗争。

通过这些宣传工作，工人们逐步看清了黄色工会的真面目，在厂内厂外、铁路站房、大街小巷，越来越多的工人开始议论："这是什么工会？就是县党部的走狗。"

特支决定采取"釜底抽薪"的办法：动员工人们拒缴会费，让黄色工会无法生存，把黄色工会搞垮。

黄色工会成立后，使用各种压迫、欺骗手段，千方百计要工人们缴纳会费。他们把工人们的血汗钱用来到饭馆吃喝、进戏院看戏，整天花天酒地，肆意挥霍，同时还用工人们缴纳的会费向国民党官员上贡，请客送礼。由于分赃不均，杨玉亭他们一伙内部时常大吵大闹，甚至大打出手，丑态百出。

在特别支部的领导下，工人们开始抵制缴纳会费，要求恢复老工会为工人们争得的福利待遇，并质问会费的去向。

杨玉亭没想到工人竟然拿会费做文章，这让他乱了阵脚。

"国家当前还在危难之中，大家要舍弃小我顾全大局"，"工人弟兄深明大义，最爱国家。政府知道大家的困难，也用全部力量给大家解决，上级规定有的，不要求也给；上级没有规定的，要求也是办不到的，现在还力不能及……"杨玉亭喋喋不休地对工人们讲着连他自己都不信的鬼话。

工人们再也不想听他信口雌黄了，纷纷拒缴会费，以实际行动反对黄色工会。很快，不缴会费的工人已占到百分之八十左右。

杨玉亭和幕后支持他的把头们，见出现这种情况，便私下派打手去威胁带头不缴会费的工人，想给工人们一个下马威。

特支看到工人们受欺负，便组织工人们一起找到杨玉亭。这天刚一下班，工人们就围到黄色工会大门门口。

"你们不是我们工人的工会。"

"你们和政府、工厂一样，就是压迫我们剥削我们的。"

"我们要成立我们自己的工会。"

"你们不要再花言巧语了，我们退会。"

"你们的工会到底是给谁办的？是给工人还是资本家？"

工人们愤怒地谴责着。

杨玉亭恼羞成怒，"啪"地一拍桌子，说："咱们打开天窗说亮话，你们谁提要求谁就是赤党，谁就是故意捣乱！"

工人们对黄色工会彻底没了幻想，喊道："你们不给我们工人办事，我们就不缴会费。"

工人们说到做到，再也不听杨玉亭一伙的摆布，8月初缴纳会费的人寥寥无几。

看到工人们真的行动起来了，黄色工会难以维持了，杨玉亭毫无办法，只好向他的主子——临榆县党部求援。

临榆县国民党党部希望黄色工会这伙人能稳住局面，以便替他们效劳。他们商定，8月15日晚上召开一次会议，由县党部派人出面，把工人们震慑住。他们怕工人们不到会，就决定先开工会组长、干事会，先拢住这些人，然后再集中精力对付工人。

怒砸会场

1929年8月15日晚上召开工会组长、干事会议的消息，让鲁懋堂感到与黄色工会发动一场面对面斗争的机会到了。

特支决定，这次的大会要集中围绕上次提出的14条要求，质询工会，如果工会不为工人说话，就要当场揭穿这些人的真面目，让黄色工会解散。

为了发动更多的群众，每个党员负责通知各自结识的工人到达会场，大家统一行动。

8月15日晚上，杨玉亭站在会场门口，等着大会的召开。他看到来开会的人非常踊跃，人越来越多，大批工人不请自到，心里开始打起鼓来。心想，今晚不会发生什么事吧？

鲁懋堂等人一进来就坐在了会场的最前面，随后赵有生等人也跟了进来，不一会儿整个会场就坐得满满当当。大家神色严肃，这让前来讲话的临榆县党部指导委员会的特派员王文元心神不安，暗自祈祷今天不要发生什么事情。

杨玉亭今天没敢像以前那样滔滔不绝地讲个没完，只是客气地说了几句开场白，然后就直奔主题："对于大家的问题，党部领导十分重视，今天党部特别派来代表给大家解决问题，让我们欢迎王特派员的到来。"

稀稀拉拉的掌声中，王文元振作精神，清了清嗓子："工人兄弟们，今天我代表县党部看望大家，听说你们有些疾苦，我非常同情，政府也都知道，可国家目前有困难，好多事情我们想给大家办，但上边规定不能办，所以工会也是很有难处的……"

没等他说完，工人们代表纷纷起来提问：

"工会都成立3个多月了，怎么一件好事也不给工人办？"

"工厂取消了我们斗争获得的待遇，工会为什么不给我们争取？"

"以前的工会委员都是我们工人自己选举，这一次为什么不让选了？"

"告诉我们，我们工人缴纳的会费都干什么了？"

王文元的额头上沁出了汗珠，但还在强词夺理："工会是县党部成立批准的，什么人当委员自然是县党部说了算，至于会费的用途，大家请放心，我们还是清楚的，你们要听工会的话，顾全大局，至于你们说的那个福利的14条，事关重大，这事是急不得的……"

赵有生站起来喊道："杨大白话不能代表工人！"

有人跟着喊口号：

"打倒黄色工会！"

"工人要自己当家！"

"劳工神圣！"

"我们不需要不给工人谋福利的委员！"

"工会不替我们办事，我们今后再也不会缴纳会费了！"

"我退会！"

"我也退会！"

……

整个会场一片痛骂声。

站在一旁的维持队员冲上前呵斥道："王特派员是代表县党部给你们来训话的，你们怎么一点规矩都不懂，谁闹事我们饶不了他！抓他去警察局！"

王文元来了精神："工友们，你们不缴费就是反对政府，你们闹事是不行的，会费一定要交，大家有什么要求我们可以坐下来慢慢商量。你们不能受赤党的宣传挑动，反对工会就是反对本党，是要受到严惩的。你们提的要求，我们并不是没有考虑，但一切得慢慢来，急不得的……"

这时，坐在前排的鲁懋堂再也忍耐不住了，他站起来高声说道："工友们，这个工会一直在欺骗我们，现在工人都快活不去了，他们还要慢慢来？！他们哪里是工会，简直就是坑我们的黑会！"

楚明年等几个党员同时站起来，高喊："工友们，我们把他们的黑工会会场砸烂，出出咱们的气！"

黄色工会委员王树庭站出来喊道："哪个再说话？！你们敢砸会场，我告诉你们，办不到，办不到！"

话音未落，赵有生跳了起来，喊道："我就砸你个办不到！"

赵有生、康玉琪抢起板凳将两盏汽灯当空砸碎，整个会场顿时漆黑一片，工人们纷纷把板凳、木棍、砖块朝前台砸去，把工会的牌子劈成碎片。

王文元、王树庭、杨玉亭一伙在工人们的怒骂声中如丧家犬一般狼狈逃跑了。

工人们围着鲁懋堂欢呼："我们胜利了！"

自 1922 年京奉路铁工厂工人大罢工以来，工人们好久没有这么痛快了。

无 疾 而 终

8月16日晚上，鲁懋堂正要入睡，被一阵急促的敲门声惊醒。鲁懋堂打开门，一个男人站在门外。

"你是鲁懋堂同志？"

"是我，您是……"

"中华全国铁路总工会，刘俊才。"

"啊？是您，快进来。"

怒砸黄色工会的第二天晚上，消息已经传至全国。中华全国铁路总工会党组织派刘俊才（刘子久）来山海关，和鲁懋堂研究下一步的工作。

和鲁懋堂简单寒暄后，刘俊才提及来此的目的，就是扩大怒砸工会事件的影响，用有效的宣传手段，把黄色工会彻底清出铁工厂。

鲁懋堂马上通知支部的同志们赶过来，大家连夜向刘俊才汇报了整个事件的经过。刘俊才当即决定通电全国，并向山海关城内散发传单。他们连夜动手，一共印发了200多张传单。

当天晚上一二点钟，夜色朦胧，大家把传单贴满了铁工厂和厂外大街小巷的墙上，甚至连政府大门上都贴了。

第二天，山海关的居民们一大早出来，就看见城里到处贴满了红红绿绿的标语和传单：

"打倒黄色工会！"

"建立工人工会！"

"打倒国民党！"

"打倒反动派！"

"消灭资产阶级！"

人们看到这些标语、传单，心里都明白，这是共产党的声音！1922年那场世所罕见的罢工，似乎在这一刻重演。他们回来了，他们又回来了！

黄色工会会场被砸以后，杨玉亭等人威信扫地，再也没有脸出现在工人的面前。

几天以后，铁路局局长高继义来到铁工厂，为维持稳定，封掉了黄色工会，拿走了黄色工会的牌子、旗帜。从此，铁工厂黄色工会彻底解散。

暮 色 苍 苍

1929年9月9日的一个夜晚，特支支委楚明年的家门被敲开了。门外站着几个人，楚明年心中一惊，问："什么人？"

"我们是维持队的。"

维持队是为黄色工会服务的打手组织，其成员是一些流氓地痞和有劣迹的工人。在月光下，楚明年认出，这里面有铁工厂的车工张玉良，还有机务段的工人王树西，他们都是以脱产身份参加维持队的。

"你们有事吗？"

"跟我们走一趟吧！"

"我犯了什么事？"

"别明知故问，你们砸工会的事，还没完呢。"

楚明年被维持队带走了，与此同时，鲁懋堂也被维持队带走了。

在监狱里，鲁懋堂看见了被抓进来的楚明年和康玉琪，他急忙问："有生呢？"

康玉琪说："跑了。"

鲁懋堂松了一口气。

特支的两位领导者入狱后，全城的搜捕也开始了，接着在报纸上出现了消息：

北宁路山海关工会发生风潮

少数工人联合反对工会总工会，逮捕二人，余潜逃，特派代表来津请总工会协缉。

北宁路山海关车站及滦县车站各工人，于本年二月间，由杨玉廷（亭）发起组织工会，着于筹备历三月之久，始于五月十日成立，开会时有河北省党部及全路各工会均派代表参加，并推举杨玉廷、倪松桥（乔）、王树棲（楼）、王恩（见）宽等为执委，迄今业经三月有余，经该执行等努力工作，成绩颇佳，入会工友已达四千余人，惟山海关大厂工人胡耀如反动异常，并煽动工友高殿臣、康作华、薛有林、常迺令、赵有生、高树华、王庆云等破坏工会，上月间因有少数工友，三月未纳会费，当由执委会召开第八次组长干事委员联席会，讨论加以处罚，该反对者当席捣乱，以致毫无结果，后又召开第九次联席会，是时有临榆县党部指导委员王文元参加，伊等又从事捣乱，致起争殴，大飞板凳，当由工会维持队将胡耀如、高殿臣捕获，送住临公安局拘押，后有康作华、薛有林、常迺令等，见不佳，乃赴县政府自行投首，赵有生、高树华、王庆云等则在逃，现经该会议决，对自首者从轻处罚，对于首领胡耀如，则调查其证据，从严惩办，在逃者，则请县政府严为查缉，昨特推会员倪松桥、王恩宽、杨玉廷等三人代表来津，于昨早九时，赴本市总工会请愿，要求转呈军警当局，通缉在逃人犯，并严惩反动分子，总工会已先分头进行云。

——天津《大公报》

　　鲁懋堂被捕，山海关共产党组织成员纷纷转移，特支消失了。鲁懋堂被转到天津监狱，与党组织失去了联系。

第九章 尽美不死

沧海横流,方显英雄本色。

王尽美,积劳成疾,体弱多病,英年早逝。一批革命者,接过他的重担,踏着他的足迹,继续前行,成为时代的英雄。

最后的嘱托

1925年6月,山东省莒县北杏村,两间安静的南屋里,传来低沉的抽泣声。

月光洒进屋里,床上躺着一个形销骨立的年轻人,病痛的折磨让他脸色苍白,喘息困难。几个人围在他身边,有白发苍苍的妇人,也有粗布衣衫的中年女子,还有两个天真可爱的孩子。

王尽美深情地望着他们。都记不清有多少时间,没有见过他们了,没想到这一次的相见,竟然就是永别。

他知道自己的病是好不了了。长期的劳累、奔波、辗转,让他的肺结核病一直得不到良好的医治。1924年10月他开始染病,12月,在济南的一次演讲中,因为说话过多,吐血晕倒在地。从那天起,他的身体每况愈下,可他一直拖着,只住了一周的医院就前往青岛。每天晚上,伴随他的,除了一支笔、一杯水,就是剧烈的咳嗽,而多少惊天动地的大事,都是在这剧烈的咳嗽声中干的。

他的思想日益强大,他的身体却一天天地衰弱。

王尽美是不甘心的,革命事业尚未成功,自己竟然先倒下了。他还有很多事想做,有很多梦想没有实现,可命运之手,却挡在了他的面前,大限之日已经为时不远。

看着身边白发苍苍的老母亲、纯朴勤劳的妻子、天真可爱的孩子,他多么想永远陪在他们的身边,可这是不可能的了。

他把手伸向母亲,母亲握住了他的手:"仓囤啊,你想做什么?"

"去青岛吧,"他用微弱的声音说,"青岛,去青岛。"

母亲和妻儿的眼泪掉了下来,在这个时刻,他想的还是青岛,还是那个他曾经发光发热的地方。

"好,去青岛,咱们去青岛。"母亲像小时候一样,抱着他的头,强忍着眼泪。

1925年7月,在北杏村休养了2个月的王尽美,因病情一直没有好转,在母亲的陪伴下,来到青岛医院治疗。

中华全国铁路总工会委员长、中共北方区委的负责人,纷纷去医院探望。在病床上,王尽美还在关心全国的革命情况,想坐起来继续工作。

听着他不停的咳嗽声,看着他不时地吐出紫血,大家的心里十分难过。

谈及自己的病情时,他说了一句:"我是不行了,你们好好为党工作吧。"又突然发出一声长叹:"我万想不到会死在病床上。"

在场的人无不潸然泪下。

生离死别的时刻终究到来了。

这一天,王尽美给这个世界留下了最后一句话:

"全体同志要好好工作,为无产阶级和全人类的解放和共产主义的彻底实现而奋斗到底。"

1925年8月19日,王尽美在青岛病逝,时年27岁。

青岛党组织及同志们为他举行了简单的追悼会。会后,党组织派王象午和傅玉堂与王尽美年迈的母亲一起,把王尽美的灵柩送回老家北杏村安葬。

这一次,他终于可以永远地留在他热爱的那片土地,再也不会离开。

罗章龙亲自写诗一首,概括了王尽美的一生:

> 忆昔书记部，东鲁萃群英。
> 党团多魁秀，君领方面军。
> 严严泰山峻，泱泱黄海山。
> 青济衮泰间，风起复云燕。
> 方圆亘千里，车马久经循。
> 攻守大槐树，转战皇姑屯。
> 罢工曾卧辙，布檄竟飞文。
> 凡此诸战役，与君共经纶。
> 积劳染沉疴，心力交相侵。
> 予闻君病危，一再临海滨。
> 访君汇泉医，见君神志清。
> 遗语不及私，肝胆为摧崩。
> 医术诚不竟，百药竟无灵。
> 夺我党之良，苍天何不仁。
> 叹息斯人去，群工泪为倾。
> 此恨何时已，沧海欲生尘。

王尽美去世后，其祖母和妻子也先后病故，只剩下老母亲带着两个幼子，生活极其艰苦。王尽美的儿子王乃征在回忆中写道："贫苦与死亡，吞噬着我们这一家，日子是在苦水中泡过来的。"（据王乃征、王乃恩《怀念我的父亲王尽美》）在最艰难的时候，党组织伸出了援助和关怀的手，多次救济这个苦难的家庭。

1948年，时任华北人民政府主席的董必武，在写给张云逸、马保三等山东负责人的信中，特别提出要对王尽美的家属进行照顾。中华人民共和国成立后，董必武途经山东，当听说王尽美的两个孩子都离开家乡参加革命工作，家中只剩下王尽美老母亲一个人时，董必武指示，把老人接到济南，由国家予以安置照顾。随后，中共山东省委和省政府把王尽美的母亲接到了济南。

重回山东，董必武忆起当年情景，写下《忆尽美同志》诗一首：

> 四十年前会上逢，
> 南湖舟泛语从容。
> 济南名士知多少，
> 君与恩铭不老松。

和董必武一样，难忘当年王尽美风采的还有毛泽东。他们相识于中共一大，相偕泛舟于红船。

1949年9月21日，中国人民政治协商会议第一届全体会议召开之际，毛泽东与各地代表亲切交谈。当他接见山东代表马保三等同志时，想起了当年的王尽美，说："王尽美耳朵大，细高挑，说话沉着大方，大伙都亲切地称他'王大耳'。"

毛泽东叮嘱马保三等人说："革命胜利了，可不能忘记老同志啊！你们山东要把王尽美烈士的历史搞好，要收集他的遗物。"

马保三当即表示：请主席放心，回去立即办。

遗憾的是，年轻的王尽美并没有什么遗物。当山东分局派的人在诸城北杏村见到王尽美的母亲时，才得知在1930年军阀混战时，王尽美的遗物全被土匪抢走了，仅存了一张照片，在土墙里藏了20年。

他们抠开了土墙，王尽美母亲从里面取出一个纸包，小心翼翼地展开，里面有王尽美的照片。山东分局立即组织翻拍，从中选出一张最清楚的，连同文字材料送到北京，交给毛泽东。

毛泽东又命令把这张照片转寄给上海革命纪念馆。如今全国各地展出的王尽美的照片，以及王尽美墓碑上的照片，都出自这张凝结着领袖之情、母亲挚爱的遗照。至今为止，这也是我们唯一能看到的王尽美的个人照片。

新中国成立后,毛泽东也多次提起王尽美。1957年7月,毛泽东由南京飞抵青岛,出席在青岛召开的全国省市委书记会议。毛泽东到了青岛,睹物思人,向陪同的山东省几位负责同志说:"你们山东有个王尽美,是党的一大代表,是个好同志。"又提及王尽美的家人,"听说他母亲还活着,要好好养起来。"

1969年4月,毛泽东在党的九大开幕式上,追念为革命牺牲了的"一大"代表时,首先提到了王尽美和邓恩铭。

"我们党从1921年成立,到今天已经有48年这么长的时间了。第一次代表大会,只有12个代表。现在在座的还有两个。一个就是董老,再一个就是我。有好几个代表牺牲了,山东的代表王尽美、邓恩铭,湖北的代表陈潭秋,湖南的代表何叔衡,上海的代表李汉俊,都牺牲了……"

王尽美雕像在山海关桥梁厂落成

王尽美去世的时候，才只有 27 岁，他的人生，到死，都还是一个青年。在这个青年不平凡的人生岁月里，曾经有一段最珍贵的时光留在了山海关，留在了铁工厂，这是山海关的荣幸，也是中国革命的荣幸。

　　1994 年 4 月 28 日，王尽美雕像在山海关桥梁厂落成。这座汉白玉雕像坐落在由青年团员利用业余时间建设的占地 3500 平方米的青年园中。中铁山桥提出把"尽美精神"作为红桥文化之根，党建思想之魂。几十年前，王尽美曾在这里掀起震撼全国的革命运动。今天，他的名字和他所赋予的精神，已经和这座工厂融为一体，并一直伴着它发展和前行。

群星璀璨

历史上的一些人,就如同一颗颗流星,虽然可能没有那么永恒和璀璨,但却在划过天空时,给我们带来了瞬间的光明,这一颗颗流星,照亮了整个天空。

那些为铁工厂的革命事业而奋斗过的人们,很多就如那流星一样,虽然一闪而过,但人们会永远铭记他们曾经走过的历程,那短短的足迹也必将永远镌刻在历史的丰碑上。

让我们记住这些名字!

杨宝昆

杨宝昆,1880年出生在天津南郊一个贫苦的家庭里。1912年由于生活所迫,到北京京汉铁路长辛店机厂当铁匠。1921年1月1日,杨宝昆参加由北京共产主义小组在长辛店办的劳动补习学校。同年7月在长辛店第一批加入了中国共产党。同年10月,中国劳动组合书记部北方分部派杨宝昆到山海关铁工厂,以铁匠身份为掩护,开展革命活动。

1922年8月15日,山海关京奉铁路工友俱乐部正式成立,经过民主选举,杨宝昆当选为俱乐部交际委员。俱乐部成立后,杨宝昆向前来山海关指导工作的党的特派员王尽美汇报了铁工厂工人状况和积极分子等情况。同年9月,经研究决定发展了刘武、佟惠亭为工厂第一批中共党员,同时建立了秦皇岛地区第一个党小组,任组长,在王尽美到来之前，一直负责党的组织工作。铁工厂大罢工中的领导人之一。

1928年3月，杨宝昆在丰台家中被捕。他在狱中英勇不屈，表现了一个共产党员应有的气概。同年5月17日上午，年仅48岁的杨宝昆高呼着"打倒反动军阀！""中国共产党万岁！"，在北京天桥刑场壮烈牺牲。

安体诚

安体诚，又名安诚斋、安存增、安灿真，笔名存真，1896年出生于河北省丰润县（今唐山市丰润区）阎家铺村，早年就读于天津法政专门学校，1918年在日本京都帝国大学经济部学习，并开始接触马克思主义。

1921年夏，安体诚由日本回国后，应邀到天津法政专门学校任教，讲授马克思主义经济学。同年9月，在李大钊的指导下，参与创办天津工余补习学校。

1922年初，经李大钊介绍，安体诚加入中国共产党，后为中国劳动组合书记部北方分部领导成员兼天津特派员、中共北京区委委员。他利用京奉铁路密查员的合法身份，走遍了京奉路的大小各站和厂矿，深入工人和学生中，宣传马克思主义，启发工人和学生的觉悟。

1922年8月，安体诚帮助京奉路山海关铁工厂工人筹建了工友俱乐部，并派山海关铁工厂工人崔玉书到长辛店机厂学习工人斗争经验。他先后参与领导了山海关铁工厂和唐山两地的铁路工人大罢工。

1927年广州"四一五"反革命政变后，部分中共党员、团员自黄埔军校转移至上海。4月15日，在转移过程中，1926年就被党派赴广州到黄埔军官学校工作的安体诚在上海被捕，被关押在龙华监狱。在狱中，他严守党的机密，威武不屈。5月在上海龙华英勇就义，时年31岁。

陈为人

陈为人，1899年9月26日出生在湖南省江华瑶族自治县百家尾村的一户贫农家庭。上学期间，因为积极参与学生反帝爱国运动，成为湘南学联代表之一，与蒋先云、夏明翰等著名革命者同为湘南学联负责人，曾参加过驱逐北洋军阀、湖南督军张敬尧的斗争。

陈为人经李启汉介绍，结识了张太雷、罗亦农、刘少奇等人，参与了筹组中国社会主义青年团工作，并成为中国社会主义青年团第一批团员。随李启汉到小纱渡等处开办工人劳动补习学校，到杨树浦一带帮助烟草工人、机器工人、印刷工人组建工人俱乐部、工人游艺会等，广泛联系工人，为工人的革命启蒙教育做了大量工作。

1920年底，陈为人和刘少奇等20余人，赴莫斯科东方劳动大学学习，其间加入中国共产党。1921年底回国后，任北方职工运动委员会书记，从事工人运动，先后在京绥、京汉、京奉三条铁路线建立党的基层支部，培养骨干。

1922年5月，陈为人和安体诚一道，以铁路密查员的身份到山海关指导工人运动，帮助山海关铁工厂筹建了工友俱乐部。

1928年12月24日，担任中共满洲省委书记的陈为人等14人在沈阳召开省委扩大会议时，不幸全部被捕。虽经严刑拷打，但他们始终未暴露身份。由于敌人未获任何证据，陈为人等于1929年7月全部获释。出狱后，陈为人奉命调回上海，参与举办中央军事干部训练班。后来，又担任中央党报《上海报》（后改为《红旗报》）经理。1931年春，他再次被捕，1931年底，经党组织营救，被释出狱。

陈为人两次入狱，身体遭到严重摧残，终因医治无效，于1937年3月13日在上海病逝，年仅38岁。

张昆弟

张昆弟,号芝圃,1894年3月18日出生在湖南益阳县板溪乡龙西村(今属桃江县)一个贫苦农民家庭。

1918年4月14日,同毛泽东、蔡和森等人一起创建新民学会,并成为该会的重要骨干之一。

1919年赴法国学习,1921年2月28日,他领导和参加了400多名勤工俭学学生为争取"吃饭权、工作权、求学权"向中国驻法公使馆进行的请愿斗争;7月,参加和领导了反对北洋军阀政府同法国秘密进行"卖国借款"的斗争;9月,发动和组织了"争回里大",进占里昂中法大学,反对校长吴稚晖不招收留法勤工俭学学生的斗争,因而被遣送回国。

1922年春,张昆弟由上海来到北京,同时加入中国共产党,被分配到中国劳动组合书记部北方分部工作。曾和邓中夏、王尽美等人共事。这年秋天,为开展北方的工人运动,李大钊派了一批共产党员到北方铁路上建立工会组织,张昆弟是被派往正太铁路工作的"密查员"。后来领导了正太铁路工人大罢工,并正式成立了正太铁路第一个工会——总机厂工人俱乐部。"二七"大罢工之后,中共北京区执委改组,李大钊任委员长,由张昆弟担任工农部部长,负责恢复北方各省的工人运动,他与张国焘一起成为李大钊工作上的得力助手。

1924年11月,来到山海关铁工厂协助建立中共山海关铁路特别支部,并一直直接领导特别支部工作。此后多年间,他一直以上级领导的身份领导特支。1929年7月,张昆弟到山海关铁工厂指导中共山海关铁路特别支部的工作,并针对当时反对黄色工会的斗争情况,指示山海关铁工厂派人参加铁总在天津举办的"青年学习班"。

1932年5月,张昆弟因为反对湘鄂西中央分局领导人执行的王明

"左"倾机会主义路线,向中央提出改组湘鄂西中央分局的建议,被诬陷为"罗章龙右派的首领",是"托陈派"的省委书记,被残酷杀害于洪湖县(今洪湖市)瞿家湾,年仅38岁。中华人民共和国成立后,张昆弟被追认为革命烈士。

楚明年

楚明年,汉族,1902年生于天津。早年入山海关铁工厂当钳工,为人正直,禀性刚烈。

1922年8月,加入铁工厂工友俱乐部,10月,参加了在山海关铁工厂爆发的京奉路第一次大罢工。后来加入了京奉铁路总工会山海关分会,成为一名工人骨干。楚明年白天到工厂干活,下班后就忙特支的工作,他和其他支委们经常工作到深夜。他还经常帮助夜校和特支刻蜡版、印传单、写标语,并借工作之便将这些宣传品带进铁工厂或在山海关城内外张贴和散发。楚明年因为出色的表现,于1927年被中共山海关铁路特支吸收为党员,后被增补为特别支部的宣传委员。

1929年5月,楚明年和特支成员一起,与黄色工会进行了一系列的斗争。1929年8月,与工人们一起砸了国民党工会会场。

1929年9月9日,楚明年在山海关城内西九条家中被国民党工会的维持队逮捕,后被押送到天津高等法院第三监狱。在监狱中,他英勇不屈,经受了严峻的考验。

1930年,楚明年在监狱中被折磨致死,牺牲时年仅28岁。

刘武

刘武,汉族,1891年9月5日出生于北京宛平县(今属北京市丰台区）韩庄子一个贫苦的农民家庭。

1907年，进山海关造桥厂，从师学艺，当了一名铁匠。

1922年8月15日，山海关铁工厂工友俱乐部正式成立，刘武担任了俱乐部的总干事，不辞辛苦，豪情满怀地为俱乐部的发展日夜操劳。

1922年9月，刘武经王尽美、杨宝昆介绍加入了中国共产党。

1923年2月1日，刘武作为京奉铁路总工会山海关分会的工人代表同杨宝昆前往郑州，参加了京汉铁路总工会成立大会。

在京汉铁路"二七"惨案后，奉组织命令转移到奉天（沈阳），后又到张家庄、洼里等车站任驻站号铁匠。1927年4月，调到丰台车站，并和已在丰台的杨宝昆接上组织关系，继续从事党的地下活动，1928年，杨宝昆被捕遇害后，刘武同中共党组织失去联系，但他仍对杨宝昆烈士的家属给予了生活上的照顾。

1931年，刘武由丰台调到芦台任驻站号，后又调唐山电务段工作。1955年，刘武退休，定居芦台。以后，他在芦台曾多次对工人、学生等讲工人运动的革命传统，作"二七"大罢工的报告。

1974年9月3日，刘武因病在芦台逝世，终年83岁。

鲁懋堂

鲁懋堂，1906年1月1日出生在天津西沽的一个贫苦的工人家庭。6岁时，他随父母到山海关定居，9岁上私塾，3年后转入小学，后因家庭生活困难而肄业，小小的年纪就出来打工谋生，先是到山海关工程处当油匠。

1920年秋天，进入山海关铁工厂桥梁房做小工，后成了一名铆工匠。

1922年8月，鲁懋堂被选为铁工厂工友俱乐部委员，主管经济工作，并担任秘密工会委员。积极参与和组织工运斗争，参加了1922年

10月山海关铁工厂举行的京奉铁路第一次大罢工。罢工胜利后，经王尽美、陈为人介绍，鲁懋堂于1923年1月被秘密党小组接纳为中国共产党党员。

1924年10月返回山海关开展工作，在张昆弟、吴汝明的帮助下，建立了中共山海关铁路地区特别支部，任特支书记。

1927年，经鲁懋堂等介绍，特支在铁工厂吸收5名工人加入中国共产党，2名工人加入中国共产主义青年团。

1929年9月9日，山海关铁路特别支部遭敌破坏，鲁懋堂被捕。鲁懋堂被捕后，被押送到天津高等法院第三监狱，在残酷和恶劣的监狱环境中，经受住了严峻的考验。他积极参加党在监狱中组织的对敌斗争，曾两次绝食，最长的一次达13天。

1931年9月，鲁懋堂获释出狱，又重回山海关。

1934年以后，在秦皇岛邮电局先后任接车员、业务员、营业员等职。20世纪60年代初期，在有关部门收集整理山海关铁路工人运动及早期建立中共组织的活动资料时，鲁懋堂为其提供了大量有价值的回忆资料。

1962年10月30日，鲁懋堂在秦皇岛邮电局退休。1987年11月5日，鲁懋堂因病逝世，终年81岁。

刘子久

刘子久，原名刘俊才，1901年5月出生于广饶县刘集村的一个农民家庭。曾用名刘干、刘振禹、刘希尧、赵振声、刘振东、刘滋敬、刘滋九。

1922年冬，他加入了中国社会主义青年团。

1924年春，中国社会主义青年团青州特别支部成立，刘子久任特别支部干事长。是年秋，经王尽美、王翔千介绍，刘子久加入了中国共产党，从此开始了他职业革命家的生涯。

1925年2月，中共山东地方执行委员会（简称山东地执委）成立。在山东地执委领导下，刘子久奉命到青岛筹备成立胶济铁路总工会，并发动罢工取得了胜利。总工会正式成立后，刘俊才多次领导罢工运动，在工人圈中名气很大。

1929年8月，刘子久亲临山海关铁工厂指导中共山海关铁路特别支部反对山海关黄色工会的斗争，与特支书记鲁懋堂一起在鲁懋堂家印发反对国民党工会的传单，揭露国民党工会的反动本质。

1988年8月8日，刘子久因病医治无效，在北京逝世，终年87岁。
……

打开山海关桥梁厂的厂志，你会发现这些名字不时地出现：佟惠亭、景树庭、崔玉书、刘武、鲁懋堂、楚明年、赵有生、乔振海、王桂林、杜希林、李跃东……还有很多叫不上名字的铁工厂的普通的工人。在历史中，他们名不见经传，个人的资料也很难搜集，以至于当我们写到他们的时候，只能在厂志资料中，窥见其一言半语，他们当时也大多都是一些普普通通的年轻人，但正是这些年轻人，在同样年轻的王尽美的鼓舞与带动下，为山海关铁工厂注入了红色的血脉，也让自己的青春如同璀璨星空里的一颗星星，留下了永远的亮色。

第十章 传承

耕耘不辍，薪火相传！

中铁山桥从简陋的造桥厂、铁工厂，到逐渐成为领军企业的桥梁厂、中铁山桥集团，历经世纪风雨，穿透历史烟云，百折不挠，自强不息，以传承民族工业血脉为己任，以打造中国民族品牌为使命，冲破艰难险阻，甘愿负重前行。

天堑通途：武汉长江大桥

> 一桥飞架南北，天堑变通途。
>
> ——毛泽东

武汉长江大桥是连接京汉铁路与粤汉铁路的过江通道，1955年9月1日动工兴建，线路全长1670米，主桥全长1155.5米，上层桥面为双向四车道，设计速度100千米/小时；下层为双线铁轨，设计速度160千米/小时，于1957年10月15日通车运营。武汉长江大桥是中华人民共和国成立后修建的第一座公铁两用的长江大桥，也是武汉市重要的历史标志性建筑之一，享有"万里长江第一桥"的美誉。

武汉长江大桥

武汉位居中国的腹地，万里长江的中游，地理位置非常重要，被孙中山誉为"内联九省、外通海洋"的枢纽。1906年，京汉铁路全线通车，粤汉铁路也正在修建当中，建设接通京汉、粤汉两条铁路的跨越长江的大桥受到各方关注。

历史档案显示，在武汉建设连通南北铁路的第一座长江大桥的设想，最早由湖广总督张之洞提出。1912年7月，詹天佑任粤汉铁路会办复勘定线粤汉铁路时，已考虑将来粤汉铁路与京汉铁路会跨江接轨，为此在规划武昌火车站（通湘门车站）时预留了与京汉铁路接轨出岔的位置。

1913年，在詹天佑的支持下，国立北京大学（今北京大学）德国籍教授乔治·米勒带领夏昌炽、李文骥等13名土木门学生，到武汉对长江大桥桥址进行初步勘测和设计，并由时任北京大学校长严复将建桥意向代陈于交通部。这是首次对武汉长江大桥的实际规划，当时提出的建议是：将汉阳龟山和武昌蛇山之间江面最狭隘处作为大桥桥址，经武昌汉阳门、宾阳门连接粤汉铁路，并设计出公路、铁路两用桥的结构样式。

当时构思的桥梁结构是仿照世界著名的钢桥——英国苏格兰爱丁堡的福斯桥，桥面铺设铁路、公路、电车路、人行道。此次的规划虽然没有获得实施，但其选址被历史证明是十分恰当的，与此后的几次规划选址基本相同。

1919年2月，孙中山完成了《实业计划》，阐述了开发中国实业的途径、原则和计划，绘就了中国经济建设的宏伟蓝图。为连通武汉三镇，孙中山提出了"在京汉铁路线于长江边第一转弯处，应穿一隧道过江底，以联络两岸。更于汉水口以桥或隧道，联络武昌、汉口、汉阳三城为一市。至将来此市扩大，则更有数点可以建桥或穿隧道"。1923年，依据孙中山的规划思想，辛亥革命时任参谋长的孙武组织编制了《汉口市政建筑计划书》，明确提出："以汉阳之大别山麓（龟山），武昌之黄鹄山麓（蛇山）为基，架设武汉大铁桥，可收平汉、粤汉、川汉三大铁路，连贯一气之完美。"

虽然有了美好的蓝图和祝愿，但修桥之路，却十分艰难。

1921年，北洋政府公开招标拟建黄河大桥新桥时，交通部聘请美国桥梁专家约翰·华德尔（John A. L. Waddell）为顾问，除筹建黄河大桥新桥外，同时请他设计武汉长江大桥。华德尔选择的桥址与1912年北京大学所拟选位置大致相同，设计的桥梁采用简单桁梁、锚臂梁、悬臂梁混合布置，同时主张使用合金钢建桥以减轻重量，预算建筑费用为970万银元，华德尔建议建桥费用向美商贷款。华德尔的方案曾引起政府关注，拟定桥址也进行过实地钻探，但由于建设费用过于庞大，计划不了了之。

1927年1月，广州国民政府迁都武汉，4月，武汉三镇合并为武汉市。1929年4月，国民政府成立武汉特别市政府。同年，刘文岛任武汉特别市市长后，再次邀请华德尔来华，研商长江建桥之事。华德尔对1921年的设计方案作出了修订，为保证长江轮船的通行，大桥采用简单桁梁并设升降梁，全长4010英尺，共15孔，桥面一层由公路铁路共用，桥面升起时可高出最高水面150英尺。这次计划同样因耗资巨大且国民政府正忙于应付内部军事派系斗争，无暇顾及长江大桥的建设，而未能实施。

1935年，鉴于粤汉铁路即将全线建成通车，平汉、粤汉两路将在武汉连通，当时铁道部曾考虑仿照1933年建成的南京铁路轮渡的办法，但由于武汉的长江水位涨落幅度比南京大一倍，两岸引桥工程较困难，因此被迫搁置了铁路轮渡方案。

同年，由茅以升任处长的钱塘江大桥工程处对武汉长江大桥桥址作测量钻探，并与苏联驻华莫利纳德森工程顾问团合作拟定了新的建桥计划。新的建桥计划是建设一座固定式的铁路公路联合桥，桥址位于武昌黄鹤楼到汉阳莲花湖北刘家码头之间，全长 1932 米，主跨 237.74 米，钢梁为拱形，桥下在最高洪水位时净高 30 米，桥面一层为公路铁路并列。包括汉水铁路桥和引桥在内，工程需要花费国币 1060 万元。为了募集资金，曾拟定过桥收费、分期还本付息等办法，最终由于集资困难，未能实施。

抗日战争结束后，兴建武汉长江大桥的计划也再度提出。湖北省政府在 1946 年 8 月 25 日举行会议，决定邀请粤汉区、平汉区铁路管理局及中国桥梁公司共同成立武汉长江大桥筹建委员会，省政府主席万耀煌为主任委员，茅以升为总工程师。9 月初，中华民国行政院工程计划团团长侯家源偕同美国桥梁专家鲍曼等考察武汉长江大桥桥址。同年，中华民国内政部营建司司长哈雄文陪同美国市政专家戈登来到武汉视察，当时提出的建桥意见是：铁路和公路合并建造可降低造价，位置仍以龟山、蛇山之间为宜。为减少墩数、便利船运，决定改用较长跨度的悬臂拱桥，同时考虑到铁路干线运输日益繁忙，大桥可适当提高载重等级。后因内战爆发，经济困难，无暇顾及长江大桥的建设，武汉长江大桥的建设计划再次搁置。

一座大桥的建设，从清末民初就开始提起，一直到民国结束，仍未实行。

1949 年，时年已 63 岁、自 1913 年起曾多次参与武汉长江大桥规划、勘探的李文骥，联合茅以升等一些科学家、工程师向中央人民政府上报《筹建武汉纪念桥建议书》，提议建设武汉长江大桥，作为"新民主主义革命成功的纪念建筑"，并详述前四次规划经过和受挫的原因，论述当时中国能建成大桥的可能性与具体工程内容、经费预算（600 亿元旧人民币）等。

中央政府对此极为重视，1949 年 9 月 21 日至 30 日，中国人民政治协商会议第一届全体会议在北平召开,会议通过了建造武汉长江大桥的议案,并于1949年末电邀李文骥、茅以升等桥梁专家赴京,共商建桥之事。

根据中央人民政府政务院的指示,中央人民政府铁道部立即着手筹划修建武汉长江大桥。1950年1月,铁道部成立铁道桥梁委员会,3月成立武汉长江大桥测量钻探队和设计组,由桥梁专家茅以升任专家组组长,开始进行初步勘探调查。

茅以升带领专家组先后做了8个桥址方案,并逐一进行了缜密研究,所有的方案有一个共同特点,就是利用长江两岸的山丘以缩短引桥和路堤的长度。1950年9月至1953年3月,曾三次召开武汉长江大桥会议,就有关桥梁规模、桥式、材质、施工方法等进行讨论。1953年2月18日,毛泽东在武汉听取了中共中央中南局领导关于大桥勘测设计的汇报,并登上武昌黄鹤楼视察了大桥桥址。大桥选址方案经中央财经委员会批准后,铁道部立即组织力量进行初步设计。1953年3月完成了初步设计,聘请苏联专家进行指导并委托苏联交通部对设计方案鉴定。

1953年7月至9月,铁道部派出代表团携带武汉长江大桥全部设计图纸资料赴莫斯科,请苏方协助进行技术鉴定。苏方选出25名桥梁专家组成鉴定委员会进行研究,鉴定会的改进建议包括稍微调整汉阳岸的桥址、同意采用气压沉箱法施工等;鉴于桁架梁结构的丹东鸭绿江大桥在朝鲜战争中被炸毁时梁部坠落,故出于战备考虑建议长江大桥桥梁形式改为三孔一联等跨连续梁。

1954年1月21日,中华人民共和国中央人民政府政务院第203次会议听取了铁道部部长滕代远关于筹建武汉长江大桥的情况报告,并通过了《关于修建武汉长江大桥的决议》,决定采纳苏联专家的鉴定意见,批准武汉长江大桥的初步设计,同时批准了1958年底铁路通车和 1959 年 8 月底公路通车的竣工期限。

1954 年 2 月，由地质部、水利部、铁道部联合组成的武汉长江大桥地质勘探队，开始进行武汉长江河槽及两岸的地质评估。同年夏秋，武汉遭遇了自 1865 年有水文记录以来的最大洪水，勘探队最终在 1955 年 1 月完成了武昌黄鹤楼和汉阳龟山之间的地质评价。

1954 年 7 月，苏联政府派遣了以苏联著名桥梁专家康斯坦丁·谢尔盖耶维奇·西林为首的专家工作组一行 28 人来华进行技术援助。西林曾于 1948 年至 1949 年间两次赴中国，协助修复东北地区铁路和松花江大桥，并参加过成渝、天兰、兰新铁路的桥梁建设。西林到现场考察后，认为长江大桥不宜采用气压沉箱法施工，原因是长江水深流急，只能在枯水季节的几个月内进行施工，工人实际作业时间短，必然大大延长施工时间，危害工人的健康，而且需要购置大量特殊设备，加大工程投资。他建议用管柱钻孔法，不但能在水面施工，不受深水期的限制，而且不影响工人身体健康。但这种方法在当时是一种新技术，苏联也尚未实践过。

经过 3 个月的讨论和半年的试验，大桥建设部门证明管柱钻孔法的设计方案确实可行，经请示铁道部部长滕代远、总理周恩来后，国务院于 1955 年上半年批准对新方案"继续进行试验，并将新旧方案进行比较，也即是党中央提倡的'依靠群众，一切通过试验'的方法"。

1955 年 1 月 15 日，武汉长江大桥桥址选线技术会议在汉口召开，正式决定选择龟山、蛇山一线。2 月，铁道部成立了武汉长江大桥技术顾问委员会，作为大桥工程的技术咨询机构，由茅以升为主任委员，其他委员包括罗英（1929 年 7 月至 1932 年 6 月任山海关工厂厂长）、陶述曾、李国豪、张维、梁思成等。5 月下旬至 6 月初，按管柱钻孔法编制出武汉长江大桥技术设计方案，铁道部集中全国著名的桥梁专家和桥梁建筑工程师，举行了武汉长江大桥技术设计审查会议，对大桥的技术设计、施工进度和总预算进行了周密的审查。7月18日，国务院正式批准，标志着武汉长江大桥建设工程开始进入实施阶段。

经国务院批准后，武汉长江大桥于1955年9月1日提前正式动工。而山桥厂也随着这一时刻，再次登上历史的舞台，以制造方的身份投入这座纠缠了整整半个世纪未能成功的宏伟工程中。

武汉长江大桥是铁路、公路两用桥，正桥钢梁长1155.5米，最大跨度128米，这是自山桥厂建厂以来第一次承接制造这么大跨度的钢梁。

在制造武汉长江大桥之前，山桥厂先接到了制造汉水铁路桥和汉水公路桥的任务，这两座桥是武汉长江大桥的配套工程。汉水铁路桥于1953年11月27日已率先动工兴建，两岸铁路联络线工程也同时开始进行，于1954年11月12日建成，1955年1月1日正式通车。汉水公路桥于1954年10月30日开工兴建，1955年12月建成，并被命名为江汉桥。当时有传闻说，由于汉水公路桥跨度大，要求精密，结构复杂，如果我们做不好汉水公路桥，那么武汉长江大桥就要去苏联建造。因此制造好汉水公路桥不仅是考验山桥厂的综合能力问题，还关系到新中国的造桥水平和荣誉。厂领导、技术人员、职工以极大的热情投入汉水公路桥的建造中。在苏联专家的指导下，各级党组织积极调动大桥建造人员的积极性，大家同心同德，齐心协力，埋头苦干，终于胜利完成了汉水公路桥的建造任务。

从铁路到公路，山海关桥梁厂用事实证明其完全有能力制造武汉长江大桥，并为接手武汉长江大桥的建设工作打下了坚实的基础。

1955年5月，山桥厂终于接到了建造武汉长江大桥钢梁的光荣任务。

当山海关桥梁厂得到制造武汉长江大桥的消息时，全体职工都非常激动，深深感受到这是党对山桥的信任！全体职工都把制造武汉长江大桥看作是山桥厂的光荣和骄傲。

为顺利完成大桥的建造任务，山桥厂扩建了钢梁制造厂房，并从苏联、东德等国引进了大型钢板整平机、型钢矫正机、龙门剪板机、刨边机、电铆机等设备。为加强武汉长江大桥生产制造的领导工作，工厂成立了以党委书记为组长的领导小组，党政工团各级组织积极投入大桥的生产制造工作中。为加强技术工作，大桥设计事务所、定型设计事务所、沈阳桥梁厂、丰台桥梁厂的主要技术人员全部集中在山桥厂，组成武汉长江大桥钢梁技术准备组，由山桥厂总工程师方璜直接领导。技术准备组研究制定了武汉长江大桥钢梁制造工艺规程，绘制了全套施工详图，设计了各种机器样板和拼装胎型、卡具，拟定了按部件、按工序整套技术操作规程和质量检查标准。

起初，山桥厂中有人看到大桥杆件设计都是"工型"的时候，便以为和过去制造过的桥一样，没什么问题，于是产生了盲目乐观的情绪。当了解到大桥的复杂性和制作难度时，又产生了悲观情绪，认为我们的设备差、技术水平低、经验不足，特别是武汉长江大桥的政治影响大，对于究竟能不能制造结构复杂、技术标准高的武汉长江大桥起了大大的疑问。

山桥厂党委及时组织了对"悲观"和"乐观"、"能"与"不能"问题的大讨论，对错误思想进行了认真的分析批评，大家统一了思想：我们制造大桥肯定是有困难的，技术水平低、设备能力不足、经验少，但这些都是能够克服的，我们有党的领导，有苏联专家的帮助，有兄弟厂的大力支持，特别是山桥厂是中国最大、最早的桥梁制造厂，必须承担起国家交给我们的任务，为山桥厂增光，为国家增光，为中国的造桥人增光！

通过大讨论统一了大家的思想，坚定了大家的信心。"能！一定能完成！"很快就成了战斗口号。

思想统一了，就要体现在行动上。为迎接大桥生产，钢梁车间认真清理厂房，用干干净净的厂房进行大桥生产，大家的手臂肿了、手破了，但没有人喊累喊苦，提前完成了准备工作。

经过5个月的准备，1955年10月15日，工厂隆重举行了武汉长江大桥开工典礼，大桥钢梁正式开工生产。

武汉长江大桥的制造要吸收当时苏联的工艺技术，需要采用新型技术和方法，墨守成规、严守旧法是不行的，必须在山桥厂现有的技术、设备条件下积极开动脑筋、找窍门，学习先进经验。

当时有人提出："苏联的先进经验好是好，但不适合我厂的技术条件，人家的设备好，我们的人员不齐、机器老、技术低，怎么能行呢？"

工厂党委深刻认识到只有在事实面前，才能找到大家认可的答案。于是，工厂举办了"学习苏联先进经验展览会"，在展览会上突出展示了苏联的先进经验，在质量、效率、操作方法和安全生产方面都作了实际对比。最后，大家一致认为：我们完全可以采用苏联的先进经验。

在座谈会上，大家谈了感受：没有高山不显平地，我们一直觉得老办法不错，但和苏联的先进做法比起来还有相当大的差距。特别是看到苏联用机械钻样板的方法，大家感叹道："苏联用机械样板钻出的孔，四五块放在一起都非常光滑，真是眼见为实。"

在铆接钢桥梁制造中，样板、胎型、卡具被称作"钢梁之母"，但机械生产制造样板、胎型、卡具是苏联的先进经验，要求精密度极高，不管是设计上，还是生产制造上，对山桥工人来说都是新课题。它们质量的好坏，决定着武汉长江大桥的成败，成为山桥必须闯过的第一道技术难关。

机械样板最主要的是钻孔套，按要求钻孔套的硬度要超过钻头的硬度，只有那样才能打出符合质量标准的孔。当时山桥厂没有加硬设备，但必须攻破这道难关，于是工厂党委发出了攻关令，充分发挥职工群众的智慧。工人吴广和、崔广清经过苦心钻研，多次试验，发明了渗碳加硬的办法，经过苏联专家和工程技术人员鉴定，完全可以解决钻孔套的硬度问题，使产品质量完全达到设计要求。

但是经过渗碳后的钻孔极易变形，需要经过磨床进行加工，当时山桥厂没有磨床，于是再一次开展技术攻关活动。在苏联专家和工程技术人员的指导下，工人蔡云起、岳瑞龄研究出加大电滚转数、安装小砂轮代替磨床的办法，经过鉴定效果良好。经过一系列的技术攻关，确保了武汉长江大桥钢梁的顺利生产。

武汉长江大桥杆件大而重，质量要求高。因此，在桥梁生产中，首先要对钢料进行矫正。型钢调直需要大的设备，当时山桥厂还没有这种设备，主要依靠手工操作完成，因此型钢调直的效率低、质量差，严重影响钢桥生产的进度。全国劳动模范、老英雄赵连仲经过认真研究，反复摸索，研制出200吨火造牵引机、钢板调直机、双轮顶边机、大板翻身卡具等设备，解决了武汉长江大桥生产型钢工序的大难题，效率提高了70%以上。同时，针对双头压弯立柱胎型质量差、效率低的问题，赵连仲改进了双头压弯立柱胎型，压出的立柱质量好，效率提高了一倍以上。

为达到大桥钢梁杆件可以互换的要求，保证工地伸臂安装时尺寸准确，山桥厂采用机器样板钻制工地钉孔和胎型卡具组装工艺，对主桁杆件及隔板的工型截面铆接杆件，采用无孔拼装卡具法加工制造；对铁路纵、横、上、下弦平联的斜撑杆和公路托架，采用扩孔套套钻扩孔法加工；对公路纵梁采用无胎型控制的实物样板法制造；对板形部件用覆盖式样板法加工；对主桁横联、平联的连接板采用了拼铆胎型法制造。大桥的全部杆件制造经严格的质量检验和厂内试装全部合格后，被运往武汉长江大桥桥址安装。

经过山桥人的不懈努力，1957年初，山桥厂提前3个月完成了武汉长江大桥桥梁的制造任务，为武汉长江大桥提前贯通奠定了坚实的基础。山桥厂干部、职工在建造武汉长江大桥中展现出来的忘我劳动精神和大桥的质量受到了苏联专家的高度评价。

1957年5月4日，大桥钢梁顺利合龙，同日举行了庆祝大会。1957年7月1日完成主桥合龙工程。1957年9月6日，毛泽东第三次来到武汉长江大桥工地视察，并从汉阳桥头步行到武昌桥头。1957年9月25日，武汉长江大桥全部完工，并于当天下午举行试通车。1957年10月15日正式通车运营。

1956年6月，毛泽东从长沙到武汉，第一次游泳横渡长江，当时武汉长江大桥已初见轮廓，毛泽东看到热火朝天的建桥情景，抑制不住内心的激动，即兴写下《水调歌头·游泳》一词。

水调歌头·游泳

毛泽东

才饮长江水，又食武昌鱼。万里长江横渡，极目楚天舒。不管风吹浪打，胜似闲庭信步，今日得宽余。子在川上曰：逝者如斯夫！

风樯动，龟蛇静，起宏图。一桥飞架南北，天堑变通途。更立西江石壁，截断巫山云雨，高峡出平湖。神女应无恙，当惊世界殊。

1957年，郭沫若在《人民日报》发表《长江大桥》长诗：

长江大桥（节选）

郭沫若

一条铁带拴上了长江的腰，

在今天竟提前两年完成了。
有位诗人把它比成洞箫，
我觉得比得过于纤巧。
一般人又爱把它比成长虹，
我觉得也一样不见佳妙。
长虹是个半圆的弧形，
旧式的拱桥倒还勉强相肖，
但这，
却是坦坦荡荡的一条。
长虹是彩色层层，
瞬息消逝，
但这，
是钢骨结构，
永远坚牢。
我现在又把它比成腰带，
这可好吗？
不，
也不太好。
那吗，
就让我不加修饰地说吧：
它是难可比拟的，
不要枉费心机，
它就是，
它就是，
武汉长江大桥！

武汉长江大桥是古往今来长江上的第一座大桥，是中国第一座复线铁路、公路两用桥，被誉为我国铁路桥梁史上的第一座里程碑。武汉长江大桥是连接中国南北的大动脉，对促进南北经济的发展起到了重要的作用。武汉长江大桥的成功修建极大地振奋了中华民族的民族精神，也成为山桥精神伫立于此的标志。

争气桥：南京长江大桥！

> 新中国有两大奇迹：一个是南京大桥，一个是林县红旗渠。
>
> ——周恩来

南京长江大桥是长江上第一座由中国自行设计和建造的双层式铁路、公路两用桥梁，大桥由正桥和引桥两部分组成，正桥全长1576米，最大跨度160米，在中国桥梁史乃至世界桥梁史上具有重要意义，"镌刻着时代足迹，凝聚着民族精魂，奏响了自力更生的凯歌，是桥梁建设的丰碑"。南京长江大桥是20世纪60年代中国经济建设的重要成就，具有极大的经济意义、政治意义和战略意义，以"世界最长的公铁两用桥"被收入"世界吉尼斯纪录"，被国人称为"争气桥"。

南京长江大桥

长江南京段，江宽水深，地质条件复杂，终年受潮汐的侵袭和台风的影响。1908年，宁沪铁路通车，1912年津浦铁路全线贯通，但是这两条铁路由于长江阻隔，不能贯通，只能隔江相望，江北浦口与江南下关之间全靠轮渡运输，交通十分不便。

1930年，当时的国民政府铁道部以10万美元重金聘请外国桥梁专家约翰·华特尔对下关、浦口间建桥进行考察，最后得出了"水深流急，不宜建桥"的结论。10月，国民政府铁道部下关浦口铁路轮渡设计专门委员会决定采用"活动引桥"，火车用乘轮渡的方式过江。日本侵占南京时，曾研究过江问题，提出了挖掘隧道的方案。

中华人民共和国成立后，随着经济的快速发展，浦口和下关码头之间的轮渡即使提高到每日100渡，仍不能满足实际需要，但轮渡的能力已趋饱和，天堑长江已经成为困扰京沪铁路运输的严重瓶颈。1956年，当时武汉长江大桥尚在建设中，铁道部设计总局大桥设计事务所接到任务，着手进行南京长江大桥桥址的选择和地质勘探及测量工作，12月草测完成。

1957年8月，编就南京长江大桥设计意见书报铁道部审查。1958年8月，铁道部邀请有关省、市及部内外有关部门研讨南京长江大桥问题，会议决定了三条原则：同意南京大桥的建议桥址方案，即宝塔桥方案；同意大桥按铁路、公路两用桥设计，并考虑万吨海轮可以通过桥下；大桥的修建应根据多、快、好、省的方针进行，并适当考虑城市的需要和美观方面的要求。初测工作于1958年8月开始，12月完成。1959年1月开始定测，6月完成。

1958年9月，铁道部请示国务院批准，在南京成立了南京长江大桥建设委员会，开始建桥的筹备工作。

1958年10月，中国科学院、有关各部的科研单位、全国有关的大专院校和铁道部规划、设计、施工等单位的专家教授、工程技术人员、老工人共计 79 人在武汉召开了第一次技术协作会议，广泛讨论了设计方面的问题和技术研究项目，制订了有关协作计划书，并成立了总体布置及美术、上部和下部结构、地质、施工等 5 个组，并对各项问题进行深入研究。与会者充满建设社会主义祖国的热情，积极献言献策，主动承担建桥任务，下决心要在南京修建一座比武汉长江大桥还要好的大桥。同年 12 月召开了第二次技术协作会议，共计 242 人出席。会议详细讨论了第一次会议后各单位的研究成果和所提方案。

1959 年 11 月 15 日，中共江苏省委为协调地方和施工单位的工作，决定成立南京长江大桥工程指挥部。

1960 年 1 月 18 日，南京长江大桥主体工程正式开工，大桥建设全面启动。但由于国际、国内多方面的因素影响，南京长江大桥屡建屡停。工程刚开始时，中苏关系已经出现裂缝，紧接着又经历了 3 年自然灾害、大三线建设和"文革"时期，投资、物资供应等不足对工期造成了严重影响。但是在中国共产党的领导下，广大建桥工人、科技工作者怀着对祖国的无限忠诚，充分发挥聪明才智，不怕困难，坚守岗位，面对苏联撤走专家、停供物资的局面，发挥自力更生、奋发图强的精神，成功研发了我国第一代低合金桥梁钢，解决了深水激流中定位、下沉、克服摆动等工程技术难题，第一次采用高强度螺栓连接纵梁，创新了主桁长铆钉铆合、焊接新工艺等。

南京长江大桥使用的钢材，原计划是采购苏联的 H2-2 号钢的钢材，25 级钢采用苏联的 CT3 和 M16C 号钢（焊接结构用）的钢材。1960 年，我国向苏联订购了 1.399 万吨钢材。这批订货于 1961 年 4 月进行验收时，质量严重不过关，大部分钢板麻面、多肉，角钢肢宽超限、肢端多肉等，钢梁制造工厂在工艺上增加了很多不必要的工序，而这些钢材即使经过修缮仍不能使用。为了确保大桥质量，只好报废不用。

我方向苏联进行交涉时，苏联提出必须放弃钢材可焊要求，或者将长板改为"杂尺料"交货。前者对大桥养护不利，后者则要使南京长江大桥打满"补钉"（拼接板），我方断然拒绝。

1961年下半年，国务院决定，南京长江大桥钢梁所用钢材不再进口，采用国产同等性能钢材替代苏联钢材，决定由鞍山钢铁公司进行试制。鞍钢人把这项任务看作一项光荣的使命，因而把试制出来的16锰钢称作"争气钢"。

在苏联专家撤走的情况下，山桥人以浓浓的"造中国桥、建争气桥"的民族气节，坚定地走独立自主、自力更生的道路。为确保南京长江大桥桥梁顺利制造生产，山桥厂对钢梁厂房进行了大规模扩建，同时购置了端面铣床、钢板调直机、电动双梁起重机等机械设备，达到了年产钢梁钢结构2万吨、铆接钢梁跨度160米的生产能力，满足了制造南京长江大桥桥梁的要求。

1960年5月，山桥厂编制了《山海关桥梁工厂制造南京长江大桥正桥钢梁指导性施工组织设计》，对生产、技术、组织和设备、人员配备等各项产前准备工作进行了详细安排。

1961年4月，山桥厂正式开工制造南京长江大桥钢梁。工厂党委成立了南京长江大桥领导小组，各级党政工团组织积极发动职工以主人翁的责任感投身到南京长江大桥的生产制造中来。针对当时面临的形势，山桥厂党委积极教育干部职工不断提高思想认识，以"造中国桥、建争气桥"的精神激励大家，以国家大事为重，正确处理国家、工厂和个人三者的利益关系，为南京长江大桥的生产制造贡献智慧和力量。工厂成立了以副总工程师张兆庆为组长的技术准备组，负责南京长江大桥的制造工艺设计和施工图设计，并制定大桥正桥钢梁工厂制造方法和操作要点。

针对南京长江大桥的特殊新设计，为满足新样板、新钻孔套的加工制造，山桥厂又增置和改造了钻床、车床、磨床等设备，同时对热处理工艺进行改进，使产品达到质量要求。

　　由于苏联前期供应的钢材质量不合格，又拒绝供应合格的大桥钢材，因此大桥最终采用的是由鞍钢研制生产的16锰低合金桥梁钢。由于低合金钢材质硬度大，加工焰切下料时因淬火影响，硬度升高，导致一般的工具钢刀具在刨边焰切边缘时崩刀、烧刀严重。为解决这一问题，技术人员进行了一系列的探索，例如焰切时采用高温慢速，加工时使用硬质合金刀，改侧面进刀为顶面进刀，改刨边为铣边，加工大弦杆竖板宽度，利用剪切边料不焰切直接刨切等措施，克服了焰切造成的加工困难。同时，为保证产品质量，适应钢料的剪切、钻孔和调直，从国外引进了大型剪板机、大转臂钻床，技术人员和工人自制了大型角钢曲拐调直机、16米铣边机、六嘴纵向切割机和铣头机等设备，解决了大桥大型构件的加工难题。

　　南京长江大桥的铁路桥面增加了伸缩纵梁结构，山桥厂针对其特殊的构造，制造采用了样板和胎型合并的新方案。拼装前用单件样板钻出大部分工地钉孔，拼装胎型设有工地钉孔就位的销钉孔套，横梁经拼装补钻小部分工地钉孔，扩钻厂钉孔，胎内封钉，出胎铆钉，通过采取这些措施，既节省样板、减少生产占用面积，又大大改善了职工的劳动条件。针对南京长江大桥公路纵梁采用焊接工型梁代替铆接的要求，技术人员和工人进行了大量焊接实验，反复探索，最终采用埋伏自动、半自动焊接技术，终于克服了焊接中出现的纵裂问题。同时为解决新钢材预应力释放的难题，技术人员和工人进行了反复试验，摸索出了内在规律，攻克了预应力释放难题，保证了产品质量和大桥制造的顺利进行。

　　在山桥厂全体干部职工的共同努力下，不断克服制造过程中的一个又一个新的难题，1967年6月，山桥厂胜利完成了南京长江大桥全部钢梁的制造任务。

1967年8月16日，南京长江大桥钢梁合龙。

为了验证大桥的承载能力，时任南京军区司令员许世友决定用一个非常独特的检验方法：1968年9月25日夜，他下令调来118辆坦克，从南京花旗营至北桥头堡一字排开，坦克每辆间隔50米，整个车队绵延近10千米。9月26日上午9点，坦克车队开始缓缓驶过大桥，11时整个车队全部通过大桥，坦克过完后，大桥毫发无损，当时南京市60万群众目睹了这一蔚为壮观的历史画面。

1968年9月30日，铁路桥通车。下午2点，5万多军民参加了隆重的通车典礼，大桥上红旗飞舞，掌声雷动，热烈庆祝铁路通车。过去火车靠轮渡过江需要2小时，通车后，火车过江仅需要2分钟。

12月29日，公路桥正式通车。公路桥通车时，那一天尽管下着雨，但南京城万人空巷，数十万人涌上桥头，见证了这一具有历史意义的时刻，现场的人们鼓掌、欢呼、跳跃，为祖国的"争气桥"流下了热泪。据说当时仅仅挤掉的鞋子就装了两卡车。

南京长江大桥

南京长江大桥是新中国第一座依靠自己的力量设计施工建造而成的铁路、公路两用桥,开创了中国"自力更生"建设大型桥梁的新纪元,是我国"自力更生的典范"和"社会主义建设的伟大成就",被称为"争气桥"。

南京长江大桥开启了我国用国产钢制造特大桥梁的历史,实现了桥梁用钢由低碳钢到低合金钢的过渡,公路纵梁采用焊接结构开始代替铆接结构。它的建成通车,成为沟通南北的交通大动脉,标志着我国的桥梁建设达到世界先进水平,被誉为我国铁路桥梁史上的第二座里程碑。

1978年,南京长江大桥获得全国科学大会奖、全国铁路科技大会优秀成果奖和河北省科技成果奖;1985年,大桥获国家科技进步奖特等奖;2014年,大桥入选南京市不可移动文物。

中国速度：没有最快，只有更快！

  1909年，京张铁路建成；2019年，京张高铁通车。从自主设计修建零的突破到世界最先进水平，从时速35公里到350公里，京张线见证了中国铁路的发展，也见证了中国综合国力的飞跃。回望百年历史，更觉京张高铁意义重大。

——习近平

  除了桥梁，另一个让山桥引以为傲的，是它的道岔。

  中国最初的唐胥铁路因清政府顽固派的保守、僵化，只能以骡马牵引作为动力，被世人称为"马车铁路"，速度可想而知。

  1909年10月，由詹天佑负责的我国自行修建的第一条铁路——京张铁路通车，时速仅为35千米。

  新中国成立前，由于受诸多条件的限制，我国铁路的速度一直不快。新中国成立后，我国大力发展铁路事业，机车、车辆、道岔等各种铁路设备不断发展。改革开放以后，我国铁路迎来了跨越式发展。自1997年4月1日到2007年4月18日，我国铁路先后在京广、京哈、京沪等全国各主要干线开启了6次大提速，火车运行的速度由时速120千米，逐渐达到140千米、160千米、200千米，部分路段可达250千米。随着客运专线的修建，列车运行时速达到300千米，甚至350千米。

  2011年6月30日，全长1318千米的京沪高铁全线通车，复兴号列车按时速350千米运营，由北京到上海不足4个小时即可到达。

  火车速度的每一次提升都是铁路整体科技水平的一次飞跃。高速

复兴号列车

奔驰的高铁列车需要提升工务工程、牵引供电、列车运行控制、运营调度、客运服务等各个系统的科技水平,任何一个系统的不足都将制约整个高铁运行目标的实现。

铁路道岔是工务工程的重要组成部分,是铁路线上最为关键的设备之一,道岔的制造水平对列车行车安全和运行速度具有决定性的影响。中华人民共和国成立以前,由于国内铁路线被不同的帝国主义国家管制,因此,每条铁路线使用的道岔是其管制国制造或采用其国家技术标准制造的道岔,新中国成立前的中国铁路道岔有"万国道岔"之称。

1912年,山海关造桥厂制造出我国第一组铁路道岔,从此开始了国产道岔的历史,但道岔的制造标准受到铁路管制国的限制。

中华人民共和国成立后,中国人民真正成为国家的主人,铁路也回到了人民的手中。新中国接管的原有铁路钢轨类型超过60种,使用的道岔号码也纷繁复杂,仅单开道岔就有十几种型号,即使是同轨型、同号码的道岔也分为多种类型,如40B钢轨8号道岔,就分为旧型、新型、暂定型、战时型等多种。

  为尽快实现我国铁路各项标准的统一，1950 年，中华人民共和国铁道部颁发了《铁道建筑标准图集》，对国家铁路制定了统一标准。为推进铁路道岔产品标准化、系列化，规定了 38kg/m、43kg/m、50kg/m 三种轨型，8 号、10 号、12 号三种号码共九种单开道岔的型式尺寸，简称为"50"型道岔。

  1953 年至 1957 年，铁道部又先后规定了 8 号、9 号、10 号、11 号和 12 号五种号码，38kg/m、43 kg/m、50kg/m 三种轨型的单开道岔以及与之配套的交叉渡线、对称道岔和复式交分道岔，按设计年度分别简称为"53"型、"55"型和"57"型道岔。

  1959 年至 1962 年，在铁道部科学技术委员会、工务局、基建总局等单位主持下，专业设计院、山海关桥梁工厂、铁道部科学研究院和各铁路局共同开展了道岔标准化的工作，于 1962 年通过了我国第一代标准型单开道岔的设计标准，这种道岔被简称为"62"型道岔。

  山桥厂作为我国第一代标准型道岔的制定单位之一，同时也肩负着标准型产品制作的任务。为改善"62"型道岔基本轨和尖轨的耐磨性，山桥厂于 1964 年购置了中频淬火设备，开始对道岔轨件进行局部淬火试验，同年试验取得成功并开始生产，顺利上道运营。运营结果表明：该型号道岔性能得到了明显提高，适应了大轴重列车直向 80～100 千米/小时的通过要求。

  "62"型道岔的成功研制，终于结束了中国"万国道岔"的历史，实现了中国铁路道岔的标准化和系列化，为中国铁路的进一步发展打下了坚实的基础。

  1972 年到 1974 年，铁道部组织专业设计院、山海关桥梁工厂、铁道部科学研究院等有关单位联合对"62"型道岔的薄弱环节进行了修改设计，针对铁路发展的要求，于 1975 年对道岔的标准进行了修改，

铁路道岔

保留了 43kg/m、50kg/m 钢轨的 9 号、12 号共四种单开道岔标准，统称为"75"型道岔。山桥厂在 1977 年开始转产"75"型道岔。为满足全路对道岔产品更新换代的要求，工厂除先后购置新型摇臂钻床、双柱式压力机、钢轨调直机等多台（套）新设备外，还自制钢轨铣床，用于尖轨和特种断面尖轨弹性可弯段等部位。新设备、新工艺的应用不仅提升了生产效率，而且将全新的加工方式引入了道岔产品生产过程，提升了道岔产品质量。

随着 60kg/m 钢轨在铁路线上的推广应用，我国在 20 世纪 70 年代末开始着手研制与 60kg/m 钢轨配套的道岔产品。针对 60kg/m 钢轨供重载和较高速度行车的情况，在设计 60kg/m 钢轨配套道岔时，采用了比"75"型道岔更高一级的技术指标难度。由于有些关键技术难度较大，整个研制时间较长，因此直到 1992 年才定型，所以被命名为"92"型道岔。

为攻克"92"型道岔特种断面尖轨跟端加工技术，在45AT、50AT轨跟端加工技术的基础上，经过大量试验，成功开发出了60AT轨跟端辊锻、模压成型工艺。"92"型60AT轨系列道岔在尖轨跟端结构、辙叉及护轨结构等方面取得了重大突破，是我国铁路道岔发展史上的重要成果，在此后的一个时期成为我国60kg/m钢轨线路的主型道岔，满足了快速列车（120千米/小时）需要，构成了我国现代道岔的雏形。

从"50"到"92"，这些数字也写下了中国铁路道岔发展的历史。

随着我国经济的快速发展，开行快速、准高速、高速列车已经列入我国铁路的发展规划。作为铁道部牵头组织的提速道岔联合设计组的成员单位，山桥厂从1995年开始，用了两年多的时间，完成了京广、京沪、京哈三大干线提速改造所需道岔的设计、制造与铺设，为中国铁路1997年4月1日和1998年10月1日两次大提速提供了强有力的保障。

2001年，为确保京秦铁路时速200千米线路改造顺利完成，山桥厂又研制了60kg/m钢轨12号可动心轨单开道岔（SC325），道岔的结构性能和使用性能得到了大幅提升，成为我国铁路2001年10月21日第四次提速、2004年4月18日第五次提速和2007年4月18日第六次提速的主型产品，广泛应用于我国各条铁路线上。

提速道岔的试制成功与生产，在中国铁路史上具有划时代的意义，通过对我国铁路主干线的提速改造，我国列车的速度普遍提升，同时对推动我国铁路道岔技术发展也起到了关键性的作用，为高速道岔的研制奠定了基础。

按照我国铁路客运、货运分开的要求，客运向快速化发展，货运向重载化发展。中国铁路经过6次在既有线上进行提速改造之后，开始转向高速客运专线的建设。

为满足铁路高速客运专线建设的要求，2005年6月，铁道部组织西南交大、铁科院、中铁咨询、通号院、中铁山桥和中铁宝桥等单位，组成客运专线道岔国产化联合攻关课题组。课题组在总结60kg/m钢轨18号有砟道岔设计、制造及运营实践并借鉴国外高速道岔先进技术的基础上进行了联合攻关，于2006年设计并试制出了250千米/小时客运专线18号道岔。2007年课题组再接再厉，在250千米/小时客运专线道岔的基础上完成了350千米/小时客运专线道岔的研制。

为提高制造加工能力，适应高速道岔高质量的要求，中铁山桥投资近亿元购置了6000吨油压机、52米双龙门数控铣床，新建了4500平方米大跨度客运专线道岔生产厂房并配套淬火、调直设备以及多功能、高精度组装和试铺平台。同时为确保高速道岔产品质量，中铁山桥编制了一系列的质量保证计划、内控技术条件和组装技术要求；为指导现场铺设，编制了铺设技术要求。

经过积极的精心组织与准备，2007年11月13日，首组60kg/m钢轨18号高速道岔研制成功，时速350千米；2008年12月13日，首组60kg/m钢轨42号高速道岔研制成功，时速350千米；2011年2月24日，首组60kg/m钢轨62号高速道岔研制成功，时速350千米，这是到目前为止世界上最大号码的铁路道岔。

高铁跑起来了，"中国速度"成为世界的话题，中铁山桥为国家赢得了荣誉。多型号高速道岔的研制成功为推动我国高速铁路的快速发展奠定了坚实的基础。

同时，客运专线道岔的研制成功对于我国铁路技术发展而言意义非凡，充分表明已经初步形成了我国高速道岔设计理论，建立了以企业为主体、产学研相结合、多学科合成的高速道岔研发机制，推动了工厂技术装备的升级，形成了逐步完备的高速道岔生产工艺、制造系统，建立了完整的高速道岔质量控制体系。

18 号高速道岔

62 号高速道岔

铁路道岔的不断发展推动了中国铁路的不断发展，从第一组道岔的制造，到统一中国道岔标准，结束"万国道岔"的历史，从提速道岔到高速道岔的研制成功，使中国列车的速度没有最快，只有更快。

100多年来，中国铁路经历了从饱受帝国主义欺压的屈辱，到经过无数革命先辈抛头颅、洒热血的不懈奋斗，终于赢得了今天的扬眉吐气。目前，中国的高速铁路已经达到了世界先进水平，成为世界上高铁系统技术最全、集成能力最强、运营里程最长、运行速度最快、在建规模最大的国家，中国高速铁路时代已经来临，中国高铁已经成为闪亮世界的名片！

现代世界七大奇迹之一：港珠澳大桥

港珠澳大桥是国家工程、国之重器。

港珠澳大桥的建设创下多项世界之最，非常了不起，体现了一个国家逢山开路、遇水架桥的奋斗精神，体现了我国综合国力、自主创新能力，体现了勇创世界一流的民族志气。这是一座圆梦桥、同心桥、自信桥、复兴桥。大桥建成通车，进一步坚定了我们对中国特色社会主义的道路自信、理论自信、制度自信、文化自信，充分说明社会主义是干出来的，新时代也是干出来的！

——习近平

港珠澳大桥是我国到目前为止建设史上里程最长、投资最多、难度最大的跨海桥梁项目，是在"一国两制"条件下，粤港澳首次合作建设的特大型交通基础设施。

港珠澳大桥东起香港国际机场的香港口岸人工岛，向西跨越珠江口伶仃洋海域，接珠海、澳门口岸人工岛、珠海连接线，止于珠海洪湾，以公路桥的形式连接香港、珠海及澳门。大桥按6车道高速公路标准建设，设计时速为100～120千米，总长为55千米，从香港到珠海只需半小时，使粤港澳三地紧密地连接在一起。港珠澳大桥的建设对香港、澳门、珠海经济社会一体化起着极其重要的作用。

作为一项历史性工程，港珠澳大桥管理局由香港特别行政区政府、广东省人民政府和澳门特别行政区政府派出的领导和专家组成，负责承担港珠澳大桥的建设、运营、维护和管理的组织实施等工作。

世界最长跨海大桥——港珠澳大桥

20世纪80年代以来，香港、澳门与内地之间的运输通道，特别是香港与广东省珠江三角洲东岸地区的陆路运输通道建设取得了明显进展，有力地保障和推进了香港与珠江三角洲地区经济的互动发展，但是香港与珠江西岸的交通联系却一直比较薄弱。

1983年，香港合和集团董事局主席胡应湘提出兴建大桥连接香港及珠海，当时称为伶仃洋大桥。

大桥计划由香港新界屯门烂角咀起始，经过内伶仃岛和淇澳岛，到达珠海市金鼎，珠海甚至已经于其境内兴建了大桥的一部分，即今天在珠海北端的淇澳大桥。1989年，珠海市人民政府首次公布伶仃洋大桥计划。

1997年亚洲金融危机后，香港特区政府为振兴香港经济，寻找新的经济增长点，认为有必要尽快建设连接香港、澳门和珠海的跨海陆路通道，以充分发挥香港、澳门的优势。1998年，国务院正式批准伶仃洋跨海大桥工程项目。2002年，香港特区政府向中央政府提出修建港珠澳大桥的建议。2003年，港珠澳大桥项目取代伶仃洋大桥项目。

2004年，港珠澳大桥前期协调小组成立，全面启动大桥各项建设前期工作。2005年，港珠澳大桥确定采用Y形线路，连接香港、珠海和澳门三地。2006年，港珠澳大桥工程项目完成环评。2007年，港珠澳大桥三地落点位置确定，分别为香港大屿山石散石湾、澳门明珠点和珠海拱北。2008年，港珠澳大桥工程可行性报告通过专家评审。2009年，国务院批准建设港珠澳大桥。2009年12月15日，港珠澳大桥正式开工建设。

从1997年到2009年，13年的时间，港珠澳大桥的建设才逐渐成形。而这一伟大的工程，又与中铁山桥联结在了一起。

2011年3月1日，港珠澳大桥管理局领导率考察团首次莅临山桥考察，正式开启港珠澳大桥管理局与山桥互通的大门。这次的合作，让港珠澳大桥管理局看到了山桥从洋务运动时期的民族工业到"红桥"的发展历程，熟悉了山桥的百年历史、百年文化以及蕴藏其间的山桥精神。随着考察的深入，港珠澳大桥管理局对山桥的感触越来越深。

在看到山桥制订的港珠澳大桥制造规划时，他们由衷地感叹道："周虽旧邦，其命维新。"对山桥的创新精神表达出深深的敬意。

港珠澳大桥是穿越珠江口的一项重大工程，而珠江口海域生存着我国一级重点保护的珍稀濒危野生动物——中华白海豚，是我国中华白海豚分布最密集和拥有数量最多的区域。中华白海豚素有"海上大熊猫""海上国宝"的美誉。珠江口得天独厚的环境资源，为中华白海豚提供了生息、繁衍的有利条件，2003年被国务院批准为国家级自然保护区。为确保中华白海豚生存的环境不受影响，港珠澳大桥工程提出了"大型化、工厂化、标准化、装配化"的要求，除海底桩基外，其他一律在工厂施工制造，海里组装，尽量减少在海洋中的作业，不得造成海洋污染。

既要考虑工程，又得兼顾生态，这一次山桥担起的是前所未有的重担。

港珠澳大桥工程具有规模大、节段大、标准高，健康、安全、环保要求高的特点，对制造企业的理念、技术、工艺、管理、厂房、设备等提出了全新挑战。特别是港珠澳大桥的设计使用寿命为 120 年，这对制造质量提出了更高要求。另外，制造商必须保证材料、设备、运行情况、生产人员、成品等所有要素实现全程的可追溯性。

一个"大"字是港珠澳大桥的特色，这是山桥造桥史上绝无仅有的"大"桥。山桥集团意识到，港珠澳大桥的生产制造是山桥转型升级的最好契机，是革陈鼎新的最佳良机。因此山桥确定了以全新的厂房、尖端的设备、先进的技术、科学的管理建设港珠澳大桥的工作方针，大幅度提升车间化、机械化、自动化水平！建世界精品工程，推动行业技术进步！

为了做好建造大桥的准备工作，山桥建设了两大现代化基地：装备智能化设备的板单元生产基地——山桥产业园和完成大节段拼装作业的广东中山基地。基地建设完成后，山桥开始研制超重超大模块运输车和超大吨位龙门吊。山桥还组建了公司直属项目部，推进项目文化建设。

从山桥产业园到广东中山的基地建设，从智能设备的研制到使用，从人机料法环的全部准备到项目文化的建设，山桥把生产制造港珠澳大桥看作是检验山桥是否仍然处在国内钢结构领军地位的考题。

山桥已经做好了准备！

终于迎来了同场竞技的时刻！国内最强钢结构制造企业悉数登场！

港珠澳大桥钢梁分为 CB01、CB02 两个标段，主要工作内容包括江海直达航道桥、青州航道桥、深水区非通航孔桥的钢箱梁、钢塔等钢结构的制造、运输、安装。

经过严格的程序，终于公示了投标结果，山桥人惊喜地发现在两个标段的第一中标人栏内写着同一家企业的名字——中铁山桥集团有限公司！

2012年3月15日，中铁山桥收到了中标制造港珠澳大桥主体工程钢梁通知书。3月16日，公司举行了誓师动员大会，中共河北省委发来贺电表示祝贺。

2012年7月18日，举世瞩目的港珠澳大桥钢箱梁制造在刚刚建成的山海关中铁山桥产业园正式开工。

参加开工仪式的领导和专家在新建成的现代化厂房内，看到了科学全新的板单元生产线，见到了当代造桥业最先进的板单元自动化生产设备，最先进的板单元待焊接区域打磨、除尘和自动组装、自动定位焊接系统和板单元变形船位机器人自动焊接技术等多项新技术。在那个时候，全国钢桥制造企业中还没有一家用机器人来进行焊接的，山桥首开先河，利用焊接机器人实现对横隔板所有焊缝的自动化焊接。该焊接机器人的电弧自动跟踪和反变形船位焊接技术达到了国际先进水平，能够显著提高焊接质量的稳定性和生产效率。

在清洁高效的焊接区，领导和专家们对焊接数据管理系统赞不绝口。为实现对焊接过程的有效控制，确保焊接质量的稳定性和可追溯性，采用全新数字焊机及配套的焊接数据管理系统，通过局域网或U盘实现焊接全过程监控。该类设备焊接参数通过专用输入器输入，除特定人员外任何人无法对焊接参数进行调整，同时对施焊过程的焊接电流、电压、施焊速度等参数实现在线监控和记录，使每条焊缝的焊接质量具有永久可追溯性。

为验证施工工艺方案、生产组织、质量控制在施工过程中的可行性，及时预防和纠正施工中可能产生的质量问题，港珠澳大桥的钢箱梁制造、钢锚箱制造、结形撑制造实行首件工程认可制，从施工方案制订、技术交底和培训到首件工程实施、验收，每一工序均按质量停止点控制，并在监理工程师全过程见证下进行，最后经专家评审形成最终施工方案推广施工。

山桥首件制造顺利通过，大桥总监办宣布准予开工。大桥板单元开始批量生产。

当港珠澳大桥正在如火如荼全面生产的时候，美国韦拉扎诺大桥的业主来山桥考察，当他们看到山桥产业园的生产设备时，禁不住连连夸赞。走遍全世界钢桥梁生产制造厂家的美国桥业主，欣然选择了山桥作为合作制造商。

2012年12月28日，港珠澳大桥钢箱梁的总拼装在中铁山桥为港珠澳大桥量身打造的钢箱梁总拼基地——中山基地正式开始，标志着港珠澳大桥进入梁段总拼阶段，即将进入架设阶段。

时空穿回到1912年，孙中山到当时名为山海关造桥厂视察时，怎么也不会想到，整整100年后，山桥在他的家乡扎下了根。

港珠澳大桥大节段最长为152.6米，最大吨位为3656吨。由于大桥直接由大节段拼装而成，因此大节段的拼装质量直接关系到港珠澳大桥的成功。为确保大节段拼装精度，采用长线法多节段连续匹配拼装技术，在拼装厂房内、外设置了大节段拼装测量控制网，并专门设计制造了大节段拼装调梁系统，同时采用自动焊接机器人设备，控制好焊接对大节段拼装的影响。

在确保大节段拼装质量的基础上，由于吨位重，大节段运输成为一个难点。山桥采用了超重超大模块车运输技术，利用自行式液压模块运输车完成大节段运输。在运输前必须认真检查车辆各个系统，确保安全、正常，运输过程中如果一个车胎爆胎，则极有可能产生多米诺骨牌效应，运输的大节段钢梁将无法移动，甚至影响到钢梁质量，所以必须做到万无一失。

港珠澳大桥大节段的装船方式采用龙门吊吊装装船的方式，山桥制造的2台2000吨轨道式门式起重机（国内同类型最大起重能力的龙门吊），可以满足港珠澳大桥所有大节段的吊运，吊装过程不受潮汐制约，可以全天候作业，有效保证港珠澳大桥的施工周期。

港珠澳大桥的生产还采用了许多新技术。在焊接质量检测方法上，由于稳定性好，扫查速度快，检测效率高，一致性好，检测结果易于存储，便于追溯和长期监督，对钢箱梁桥面板与U形肋间角接焊缝检测首次采用了最先进的相控阵超声波检测技术。同时采用了信息化手段对生产制造等实现全方位监控，对今后的桥梁生产具有重要的技术支持和借鉴作用。

2015年5月3日，山桥制造的港珠澳大桥的标志之一和点睛之笔——"中国结"吊装完成，标志着大桥建设又跨越了一个重要的工程节点。

2016年6月29日，港珠澳大桥主体桥梁全线完成合龙。

2017年7月7日，港珠澳大桥主体工程全线贯通。

2018年10月23日，港珠澳大桥开通仪式在广东珠海举行，中国国家主席习近平出席仪式并宣布大桥正式开通；10月24日，港珠澳大桥公路及各口岸正式通车运营。

港珠澳大桥是中国建设史上施工难度最大的跨海大桥，它的建成体现出中华民族不畏艰难、勇于创新的精神。大桥建设运用了当前世界多项最先进的科学技术，填补了多个领域的空白，打破了多项世界纪录，彰显出中国制造的魅力，必将在世界范围内产生巨大影响力。港珠澳大桥的开通，有利于香港、珠海和澳门三地的人文交流、贸易往来和经济发展，有利于"一国两制"方针的实施，有利于维护祖国繁荣昌盛。港珠澳大桥被英国《卫报》称为"现代世界七大奇迹"之一，它的建成标志着中国桥梁已经实现由制造大国向制造强国的成功跨越，中国桥梁成为闪亮世界的名片！

跨 越 天 下

筚路蓝缕启山林,栉风沐雨砥砺行!

王尽美等老一辈无产阶级革命家播撒的红色火种在中铁山桥生生不息、代代相传、发扬光大。中铁山桥从修筑京奉铁路的号子声中走来,在滦河桥的铆钉枪声中蜕变,在工人运动风暴的怒吼声中成长,在新中国的春风中壮大,在改革开放的大潮中辉煌,被誉为"中国钢桥的摇篮,道岔的故乡"。

江河奔流,大浪淘沙。2021年,迎来中国建党百年,也迎来了山桥厂建厂127年的生日。

从铁路到桥梁,从一无所有到中国制造,山桥完成了一个百年企业的蜕变与成长之路,也迎来了中国建党百年的伟大时刻,从中国共产党建党之初,党的影响就一直和这座老厂联系在一起。正是有了伟大的中国共产党,才有了山桥今天的成就。

中铁山桥从制造中国人自主修建的第一条铁路钢桥、第一座长江大桥,到完成世界上最高的大桥、最长的大桥,钢桥跨度从几十英尺,到超百米、越千米;从制造中国第一组铁路道岔、地铁道岔、城轨道岔,到第一组提速道岔、高速道岔、世界上最大号码道岔;从制造中国第一台架桥机,到铺轨机、门式起重机、2000吨龙门吊等,迄今已累计制造跨越江河湖海谷的钢桥梁3200多座,实现了20跨黄河、38跨长江、17跨海湾的壮举。其中武汉长江大桥、南京长江大桥、苏通长江大桥、南京大胜关长江大桥、北盘江大桥、香港昂船洲大桥、平潭大桥、沪通大桥、美国韦拉扎诺大桥、孟加拉帕德玛大桥、港珠澳大桥等大桥闻名海内外。中铁山桥创造了一个又一个人间奇迹！如今中铁山桥的产品已经进入欧洲、美洲、大洋洲、亚洲和非洲。

中铁山桥党委被中央组织部命名为"全国先进基层党组织"，荣获国资委、河北省"先进基层党组织"等称号。中铁山桥先后荣获"中央企业先进集体""全国五一劳动奖状""全国优秀施工企业""全国用户满意企业""全国和谐劳动关系优秀企业"等殊荣。中铁山桥制造的桥梁闻名海内外，产品多次荣获全国科学大会奖、国家技术发明奖、国家科技进步奖、国家优质工程金奖、鲁班奖、詹天佑奖以及乔治·理查德森奖、古斯塔夫斯金奖、杰出结构工程奖、菲迪克工程奖等国际奖项。

中铁山桥是我国钢桥梁和铁路发展的亲历者、推动者和实践者，为打造中国桥梁、中国高铁成为世界名片作出了卓越贡献！

山桥的这些令人瞩目的成就，是在"红桥"精神的指引下实现的。什么是"红桥"精神呢？

"红桥"精神是百折不挠、自强不息，"红桥"精神是智慧、勇敢、奉献、担当，"红桥"精神也是从劳动光荣、劳工神圣到为人民谋福祉、谋幸福的共产主义理想，它是一个个时代精英用鲜血和生命打造出来的。尽管身处血雨腥风、黑云压顶的黑暗时代，但坚贞不屈、敢于为民请命的一代代中国共产党人，依然把红色的火种播撒在这片土地上，即使面临人生痛苦，身处绝望乱世，但他们心存希望，心怀富国强民梦想，仍然把光明洒向苍穹大地。百年时光里，"红桥"始终勇立时代潮头，创造了一个又一个人间奇迹。

让历史永远铭记他们！也让历史永远铭记山桥厂的每一个辉煌瞬间！